COLLECTION SÉRIE NOIRE
Créée par Marcel Duhamel

Parutions du mois

2528. TÉLÉPHONE ROSE
(PIERRE BOURGEADE)

2529. CODE 6
(JACK GANTOS)

2530. TULAROSA
(MICHAEL McGARRITY)

2531. UN BLUES DE COYOTE
(CHRISTOPHER MOORE)

PIERRE BOURGEADE

Téléphone rose

nrf

GALLIMARD

Pour Heidi

La rue sexuelle s'anime
le long des faces mal venues,
les cafés pépiant de crimes
déracinent les avenues.

ANTONIN ARTAUD

1

Salut ! Je m'appelle monsieur Barnabé Follope. Pendant vingt-cinq ans, j'ai été libraire à Montparnasse, 10, rue Delambre, juste derrière Le Dôme, la brasserie. À partir des années 1985-1990, je me trouve victime de la crise du livre. La France ne lit plus. Les familles rêvaient de bibliothèques, elles rêvent de surfer sur le Web. Les femmes aimaient les romans sentimentaux, elles body-buildisent, stretchent, se font épiler le « maillot ». Les gosses étaient fans de B.D., ils le sont de jeux électroniques. Les mecs s'offraient un recueil de textes érotiques, ils s'offrent un pack de K7 pornos. L'écrit est mort, paix à son âme ! En 94, à cinquante-cinq balais, je dois mettre la clé sous la porte. Qu'y faire ?... Et que faire ?... Je pourrais vendre ma boutique et mon arrière-boutique que j'ai aménagée en salle-de-bains-kitchenette-studio, et me retirer dans mes Pyrénées natales. Je pêcherais la truite dans les gaves, je regarderais paître les moutons et je respirerais l'air des cimes. J'estime, pourtant, qu'il est trop tôt. Et j'estime, surtout, que la nécessité, cette amie nonchalante qui se manifeste souvent de façon inattendue, va me permettre, à l'âge que j'ai, de réaliser mon rêve : ouvrir une agence de détective privé !

En tant que libraire, j'ai lu pas mal de livres, j'ai avant tout adoré les polars. Combien de fois ai-je rêvé d'être Dashiell Hammett, Nick Carter, Philip Marlowe ! J'ai fini par confondre ceux qui ont réellement vécu et ceux qui ont été inventés ! Bogart n'est-il pas un héros de roman ? L'occasion est trop belle. Ma décision est prise. J'ouvrirai l'Agence, je serai mon maître, le seul et unique détective du bureau ! Comme ça, pas de discussions... pas de dissenssions... pas de coups fourrés entre le boss et ses collaborateurs !... Unité de pensée, unité d'action ! J'ai quelques milliers de francs de côté, en moins de huit jours les changements qui s'imposent sont achevés. Je fais aménager à l'entrée de la boutique, grâce à trois panneaux de contreplaqué, une minuscule antichambre où je mets deux chaises ; dans la boutique elle-même, je fais occulter la vitrine par des stores vénitiens ; et sur la vitrine côté rue, je fais peindre en caractères américains (ça en jette !) l'inscription suivante :

BARNABÉ FOLLOPE
ANCIEN LIBRAIRE
DÉTECTIVE PRIVÉ
Tél/Fax : 01.43.25.12.50
(Voir infos suppl. sur la porte)

En effet, étant donné que j'ai décidé de ne pas avoir de secrétaire, je me suis équipé d'un répondeur. En outre, pour les personnes qui viendraient me voir directement et qui trouveraient porte close quand je suis en train d'enquêter, j'ai fait imprimer au laser sur une plaque métallique fixée au-dessus de ma boîte aux lettres cette autre inscription : « En cas d'absence, laissez dans la boîte un message avec votre numéro de téléphone, M. Barnabé Follope vous rappellera dès son retour. »

J'ai donc tout chiadé jusque dans le moindre détail. Ça devrait marcher... Ça marche ! Dès le premier mois, en janvier 1994, je fais un bénéf supérieur à celui que j'ai fait pendant toute l'année précédente en cherchant à vendre des Nobel vétustes, des Goncourt débiles, et ces innombrables biographies d'hommes politiques qui puent comme autant de merdes de chien. Je suis lancé. Dès cette année-là, je fais mes choix. Je refuse net les affaires lourdes — crimes, drogue, pédophilie. Si quelqu'un vient me voir à propos d'une histoire de ce genre, je l'adresse illico à un collègue, à moins que je ne lui conseille d'aller raconter ses malheurs à l'antenne de police du XIVe (quartier Delambre) située dans un petit immeuble de deux étages, sur le trottoir d'en face, à vingt mètres de chez moi.

Inspecteurs et flics de cette antenne plutôt familiale (le commissariat central du XIVe occupe un building en béton de quinze étages avenue du Maine) savent que je ne m'occupe jamais des gros coups. Ils me tolèrent, faute de m'aimer. Je dois même dire que le commissaire de quartier, M. Aimé Jovial, nom prédestiné pour qui fait carrière dans la loi et l'ordre, était un client de ma librairie.

En quelques semaines, je me lance ! J'aimais les polars, j'aimais les femmes (je continue de les aimer !), je me spécialise dans les enquêtes féminines, c'est-à-dire fondées sur les aléas de la vie sentimentale... aléas qui rendent souvent nos chères compagnes enragées. Les femmes mariées jalousent les maîtresses, les maîtresses jalousent les épouses, les épouses jalousent les amies de cœur, les amies de cœur jalousent les putes, les putes jalousent les vierges, les vierges jalousent les gouines, les gouines se jalousent entre elles... bref la femme moderne parcourt ardemment le *Kama-Soutra* de la jalousie, à l'affût de preuves en tous genres... et fait la fortune du « privé », qui est censé fournir ces preuves... ou les fabriquer... si besoin est !

Dans cette nouvelle vie, je suis comme un coq en pâte. En mars 1997, je fête avec une amie discrète mes cinquante-huit ans. Ma vie va basculer, mais je ne m'en doute pas. Dîner et dodo au Ritz. Petit-déj' à neuf heures pile, recâlins, redodo, à treize heures lunch léger, à quatorze heures trente on se sépare, à quinze heures je suis chez moi. C'est une douce journée d'avant-printemps. L'air est léger, la lumière est claire. La rue Delambre est des plus calmes. Dans ma boîte aux lettres, une enveloppe. À travers le papier, je sens qu'il y a diverses choses à l'intérieur. Sur cette enveloppe, ces lignes, à l'encre bleue, d'une grande écriture élégante, à l'évidence féminine : « N'ouvrir cette lettre qu'après avoir reçu mon coup de téléphone. Mais je sais de toute façon que vous l'ouvrirez avant. Les hommes sont tous les mêmes ! »

Je ne peux m'empêcher de sourire. Je prends ce message pour une autorisation. Les femmes aussi sont toutes les mêmes ! Je m'assois à ma table de travail, je pose l'enveloppe devant moi, je consulte mon répondeur : aucun message. La dame n'a donc pas encore téléphoné. Je prends un coupe-papier et, délicatement, j'ouvre l'enveloppe.

Elle contient cinq objets, que je fais glisser un à un par la fente, et que je dispose sur la table devant moi.

Il y a une clé tarabiscotée. Il y a un billet de chemin de fer. Il y a une photo d'identité. Il y a un billet de cinq cents plié en deux. Et il y a une lettre — une grande feuille de papier pliée en quatre. À travers le papier, je reconnais la grande écriture bleue.

Très intéressant !

Voyons ça de plus près.

La clé est une clé Bricard, soit une clé de sûreté, comme il doit en circuler vingt ou trente mille à Paris.

Les clés Bricard sont en principe impossibles à reproduire. Elles ont été remplacées depuis une dizaine d'années, dans l'habitat moderne, par des clés d'une technologie bien plus avancée, mais elles continuent d'être tenues, à juste titre, dans l'habitat traditionnel, pour des clés assurant une bonne sécurité. Celle-ci est une clé assez ancienne, elle porte un numéro à demi effacé.

La photo est une de ces photos d'identité que l'on peut faire soi-même dans les photomatons installés dans le moindre Monoprix. Sa surface n'est d'ailleurs pas absolument plane, comme elle le serait si elle avait été faite par le polaroïd d'un professionnel, mais légèrement incurvée. Elle représente ce qu'on appelle généralement une jolie fille. Celle-ci peut avoir vingt-quatre ou vingt-cinq ans. Elle a l'agréable visage d'une jeune bourgeoise bcbg qui les soirs de fête pourrait s'amuser à jouer les top-models pour ses copains : traits réguliers, casque de cheveux noirs avec frange à mi-front, nez légèrement trop long, grande bouche, menton à fossette un peu trop gamine, et grands yeux gris-bleu, ce que cette fille a de mieux, avec sa fraîcheur, bien entendu. En résumé un visage plaisant, charmant, attirant, presque bouleversant... Et pourtant, je suis difficile !

Le billet de chemin de fer est l'un de ces grands nouveaux billets, à demi cartonnés, que délivre désormais Socrate. C'est donc un billet grandes lignes et non un ticket de banlieue. C'est un billet simple, pour T.G.V., émis hier, pour le trajet Bordeaux-Paris. On l'a composté.

Le billet de cinq cents est un adorable Marie-Curie, d'une douce couleur vert espérance, à liseré argenté, craquant neuf. Je suppose qu'il est destiné à prendre place dans mon portefeuille mais, pour me conformer aux règles de fer qui régissent la profession, je ne veux pas l'empocher avant d'en avoir reçu l'autorisation, je dois d'abord lire la lettre.

Cette lettre est écrite sur une feuille de papier blanc courant, non bâtonnée. Elle a été pliée en quatre.

Je déplie.

Je lis.

« Cher Monsieur,

« Une amie me conseille de m'adresser à vous. Je vous connais d'ailleurs, j'habite le quartier. Je compte aller vous voir tout à l'heure, mais pour le cas où vous seriez absent, je prépare ce mot que je laisserai dans votre boîte.

Je m'appelle Estelle. Je joins cette photo pour que vous voyiez qui je suis. La clé est celle de mon studio. Pourriez-vous y passer demain après-midi, entre quatre et cinq, avec un petit appareil photo ? Vous n'en aurez que pour quelques minutes : j'habite à cent mètres de chez vous. Gardez ce talbin. Je vous en donnerai un second après que vous serez venu. Pour plus de détails, je vous appellerai ce soir, en sortant du travail, vers sept heures.

Meilleurs sentiments.

Estelle. »

Odeur de jasmin. La lettre est discrètement parfumée. Je la tourne et la retourne entre mes doigts sans réussir à lui faire dire autre chose que ce que je viens de lire. Je reçois pas mal souvent ce genre de lettres, puisque c'est moi-même qui les sollicite en cas d'absence, mais quelque chose en moi me fait vraiment regretter de n'avoir pas été là quand cette nana est passée. Je reviens aussi à la photo. Si la fille n'est pas craquante à 100 %, elle l'est à 99 %, et qui sait si, en procédant avec doigté, je n'aurais pas pu m'arranger pour me faire régler une partie de mes honoraires en nature ?... C'est arrivé, quelques fois, et ça arrivera encore !... L'affaire paraissant urgente... à régler d'un jour à l'autre... je me dis que ma nouvelle cliente ne va pas manquer de me téléphoner et je décide de ne plus bouger de l'après-midi. Mais les minutes, les quarts d'heure, les heures s'égrènent avec une lenteur exaspérante, et le téléphone ne sonne pas ! La colère et la frustration montent en moi. À sept heures passées, je décide d'aller marcher jusqu'à Denfert-Rochereau pour me dégourdir les jambes et me calmer. À l'instant où je vais sortir, le téléphone. Je bondis, je décroche le combiné.

« Allô... Monsieur Follope, détective privé ?

— Lui-même.

— Ici, Estelle. La personne qui a déposé tout à l'heure une lettre dans votre boîte. Vous l'avez trouvée ?

— Oui.

— Et vous l'avez ouverte ?

— Oui.

— J'aurais voulu vous appeler plus tôt, mais je n'ai pas pu. J'avais peur que vous ne soyez parti. Je suis heureuse de voir que vous m'avez attendue. »

Petit rire. Ou plutôt, petit roucoulement sexy. Il faut dire que cette fille a une voix extraordinaire !... Les voix... on en entend... des centaines... des milliers... Eh bien... foi de Follope... je dois reconnaître... sans mentir... et à qui mentirais-je... sinon à moi ?... que je n'en ai jamais entendu une semblable !... Elle m'attire... me provoque... me fait courir des ondes sensuelles dans tout le corps !... C'est une voix jeune, mais grave... douce, mais un peu voilée... innocente, mais sachant évidemment parler aux hommes... À cette voix, quelque chose en moi durcit... J'ai besoin de la voix et de la fille !

J'ai dû perdre le fil, quelque secondes...

« Allô, reprend la voix moqueuse. Monsieur Follope ?... Monsieur Barnabé Follope, détective privé ?...

— Je vous écoute.

— Méchant ! J'ai cru que vous étiez parti ! Je suis sûr que vous êtes de cette catégorie d'hommes qui aiment faire souffrir les femmes !... Pas vrai ?...

— Mademoiselle Estelle, je vous interdis...

— Un sacré voyou, oui... voilà ce que vous devez être... Un voyou qui aime faire mal aux femmes, quand vous les serrez dans vos bras...

— Mademoiselle Estelle !

— Bon. Où en étions-nous, monsieur Follope ?... Vous me troublez... vous savez... Je ne sais plus ce que je voulais vous dire !... »

Elle repart d'un rire hyper-sexy... Une de ces filles qui savent traire les hommes, comme on dit... Mais elle s'attaque à forte partie !... Avec moi, elle pourrait avoir des surprises !... J'enchaîne :

« Vous m'avez appelé pour me donner quelques précisions à propos de la lettre que vous avez déposée dans ma boîte tout à l'heure, et cela au sujet d'une photographie que j'aurai à faire demain chez vous.

— Exact ! C'est tout à fait ça ! C'est exactement tout à fait ça !... Ah, monsieur Follope... Monsieur

Barnabé Follope... vous avez le chic pour résumer les choses !... »

Une idée me vient, toc ! je la lui déballe tout à trac.

« Mais, dites-moi, mademoiselle Estelle. Vous habitez le quartier, je crois ?...

— Le quartier ?... J'habite à cent mètres de chez vous !

— Mézalor, il est juste sept heures, pourquoi ne pas dîner ensemble ?... Je vous invite. Venez à l'agence, ou retrouvons-nous au Dôme, ou à La Coupole, nous ferons connaissance et vous me donnerez vos instructions détaillées tout en dînant. »

Elle ne répond pas tout de suite, je me dis qu'elle cherche un moyen d'accepter mon invitation sans paraître se précipiter, comme font les femmes, d'habitude, je me sens fiévreux à l'idée de la voir en chair et en os dans le quart d'heure, je me trompe.

« Calmos !... dit-elle en jouant les vierges effarouchées. Mon amie avait bien fait de me prévenir !... Follope... c'est un assez bon professionnel... mais, question manières, c'est le macho dans toute sa triste banalité !... À la première question posée, sa réponse est prête : invitation à dîner... baratin... et passage au lit pour dessert ! Ne prenez pas vos désirs pour des réalités, monsieur Follope !... Je ne vous dis pas que lorsque vous aurez achevé la mission que j'ai l'intention de vous confier, et lorsque, pour ma part, j'aurai achevé de vous payer, nous ne pourrons pas envisager d'avoir des relations de caractère personnel ! Je vous l'avoue sans détour, en plus : j'aime les vieux. Par conséquent, vous avez votre chance. Mais pour l'instant, je désire m'en tenir avec vous à des relations d'affaires... des relations de caractère purement professionnel !... Pas question que j'aille dîner avec vous, au moins pour l'instant ! Et puisque vous essayez de me draguer, j'arrête illico cette conversation. Allez dîner seul, monsieur Follope. Je vous rappellerai dans la soirée. »

C'est la douche froide. Je ne sais comment rattraper le coup.

« Écoutez, dis-je avec la voix qui tremble un peu, mademoiselle Estelle...

— Je n'écoute rien. Allez dîner seul, monsieur Follope. Et puis revenez près de votre téléphone. Je vous rappellerai dans la soirée. »

Elle raccroche.

Je reste K.O., le combiné à la main. Il faut bien pourtant que je me décide à raccrocher. Je raccroche, j'attends dix minutes espérant que le téléphone va sonner à nouveau, mais rien ne se passe. Je sors avec l'intention de marcher jusqu'à Denfert pour me calmer. Je sens pourtant que je vais râler toute la soirée, jusqu'à ce que je sois de retour dans mon bureau et qu'elle me rappelle. Et je ne me trompe pas !

Je remonte la rue Delambre en râlant. Je râle

contre l'écailler du Dôme qui était autrefois installé au bout de la rue, ne gênant donc pas les passants, et dont l'étalage est maintenant planté en plein trottoir, ce qui oblige le promeneur soit à mettre un pied dans le caniveau pour l'éviter, soit à frôler du coude les paniers d'huîtres, de bernicles, de palourdes et autres pétoncles, quitte à en porter l'odeur sur soi toute la journée ! Je râle contre la colonne de handicapés et de mal foutus qui met une heure à traverser les clous à l'angle Delambre-Raspail, et qui se moque bien qu'on attende ! Il y avait là, naguère, un foyer pour jeunes filles étrangères dont tous les dragueurs de Montparnasse se souviennent, on l'a remplacé il y a deux ou trois ans par un foyer pour exclus. Je n'ai rien contre ces citoyens qui ont le droit de vivre comme tout le monde mais on doit tout de même reconnaître qu'ils ont du mal à faire oublier la Suédoise longiligne et la Hollandaise en fleur ! Je râle contre eux, je râle contre leurs moniteurs qui ont l'air de se fiche de la gueule du monde, je râle contre le flic qui m'interdit, d'un coup de sifflet rageur, de couper leur cortège. J'ai pourtant le droit de vivre, moi aussi ! Enfin, je passe, je remonte le boulevard, je râle contre un groupe d'Anglais écarlates qui éructent à la terrasse du Raspail Vert. Autrefois, c'est Dalí en personne qui buvait sa demi-bouteille de Mumm dans ce café, et non pas ce ramassis de rosbifs dégénérés. Je râle en passant devant l'immonde building miroir qu'on a construit à la place des bâtiments vétustes et poétiques de l'ancien Centre culturel américain. On se pressait ici aux happenings organisés par Jean-Jacques Lebel. On y voyait des filles nues se faire peinturlurer les nichons par des avant-gardistes arrivés du Minnesota avec l'envie d'épater le Vieux Continent et s'enfoncer des bananes dans la chatte. On y voit aujourd'hui les hôtesses clean de la Fondation Cartier, en tailleur Saint-Laurent, qui papotent, la bouche en cul-de-poule et les fesses serrées, devant le portier électronique. Arrivé à Denfert, je râle contre deux cyclistes venus du boulevard Arago qui brûlent les feux rouges et manquent de me renverser. Je râle contre les pigeons qui couvrent de chiures le Lion de Belfort. Je m'assois en râlant à la terrasse du Canon de Denfert, et je commande en râlant un double-Monaco au garçon qui me demande ce que j'ai à râler.

« Je râle à cause d'une femme.

— Vous avez bien raison ! » réplique-t-il.

C'est marrant, quelquefois, comme on se comprend vite, entre hommes. Ce garçon a évidemment une certaine expérience de la vie ! Sa réponse me fait chaud au cœur.

« Une femme qui cherche à me faire tirer la langue ! j'ajoute.

— Toujours la même histoire », dit le garçon.

Il m'apporte le double-Monaco. Je le bois d'un seul trait mais, contrairement à ce que j'espérais, le demi-litre de mélange bière-grenadine ne m'apaise qu'à moitié.

J'en commande un second.

Le garçon me l'apporte.

« Je vous ai mis une lampée de gin dedans, me dit-il, pour relever le goût. C'est une petite recette de la maison. Si ça ne vous plaît pas, je vous le change.

— Non, très bien. Ça ira. »

Je bois deux ou trois gorgées de ce nouveau breuvage, et je trouve en effet qu'il est meilleur. L'âcreté du gin se débrouille pour faire son chemin dans l'épais magma bière-grenadine, un peu à la manière d'un serpent se faufilant dans un marigot tiède et vaseux.

Le garçon, raidi sur ses pieds plats, le plateau sous le bras, légèrement penché en avant, attend respectueusement le verdict.

« Monsieur aime ça ?

— Ouais. C'est nettement meilleur que le Monaco ordinaire. Ça s'appelle comment ?

— Un Mexico. Pour ne rien vous cacher, c'est un poison de ma propre invention.

— Bravo ! »

Il me salue et s'écarte un instant, me laissant à mes pensées. Inutile de me raconter des histoires. Je suis jaloux. Je suis jaloux de cette femme, je suis jaloux de sa voix, je suis jaloux de sa beauté. Je suis jaloux des hommes qu'elle fréquente. Je sors de ma poche sa photo. Je la regarde. Je suis certain qu'entre elle et moi, c'est une longue histoire qui est en train de commencer !

Le garçon s'est de nouveau rapproché.

« Un autre Mexico ?

— Merci. Je vais au cinéma.

— Vous avez une excellente salle de l'autre côté de la rue, le Denfert.

— C'est là que je comptais aller. Je dois combien ?

— Quatre-vingt-dix francs. »

Je laisse cent francs, je sors. Deux heures à tuer, pas plus, et j'aurai de nouveau la Voix au téléphone ! Je me sens mieux.

J'entre au Denfert, où j'ai déjà été dix mille fois, et où, me fiant à la programmation, j'ai même vu les niaiseries signées Robbe-Grillet. J'allais beaucoup au cinéma étant libraire ! La lecture fréquente, y compris celle des polars, conduit l'esprit à se satisfaire d'une imagerie plus ou moins confuse, et tout lecteur invétéré éprouve régulièrement le besoin d'aller voir sur l'écran des femmes nues qui soient vraiment des femmes nues, et du sang qui soit rouge. On passe au Denfert, ce soir-là, une série B chinoise, tournée à Hong Kong, où l'hémoglobine coule à flots. Pas d'intrigue. Les Jaunes s'entretuent pour des oui ou pour des non, et le seul Blanc du film, un détective anglais qui ressemble à Sir Alec Guiness (mais il serait étonnant que ce soit lui), qui enquête sur la disparition de mille cinq cents tonnes d'héroïne à l'aéroport de Fu-Chi-Mi, finit entièrement découpé en morceaux, puis en rondelles, puis en fines lamelles mélangées à la soupe de soja servie dans le meilleur resto du coin, lequel a trois étoiles au Micheling. Méfiez-vous des Jaunes ! Ils sont sept milliards neuf cents millions et avant l'année 2009, ils vous auront avalé sans que vous ayez pu dire « A » comme on avale un rouleau de printemps. Le cocktail détonant Monaco-Mexico réussit à produire son effet, et lorsque les lumières se rallument, je dors. Mes voisins me réveillent en me bousculant pour gagner la sortie. Je regarde ma montre, bientôt dix heures ! Je me secoue, je me lève, je sors à mon tour. Il fait nuit, je me sens mieux. Il semble que ma jalousie et la douleur qui va avec soient un peu passées. Je redescends vers Vavin. Je m'arrête au passage au Raspail Vert pour boire un demi au comptoir. Le patron me connaît vaguement. Il me demande si ça va. Je dis ça peut aller.

« — Ce n'est pas vous qui travaillez à la poissonnerie du Dôme ? il ajoute.

— Non. Je suis le libraire qui s'était établi dix mètres après.

— Ah, c'est ça. Je me disais aussi. La librairie, ça marche ?

— Plus du tout. J'ai fermé boutique il y a deux ans. J'ai ouvert une agence de détective privé, à la place.

— Génial ! Vous employez beaucoup de détectives ?

— Un. C'est moi.

— Pas mal, ça ! Vous êtes spécialisé dans certaines affaires ?

— Les affaires de femmes. Pelotages, couchages, cocuages, chantages.

— Le linge sale, quoi !

— Comme vous dites.

— Eh bien, bon travail.

— Merci. Bonne nuit. »

Je vide mon verre. Je paie. Je rentre chez moi. Le téléphone sonne. Je décroche. Je sais qui c'est.

« Allô ?

— Allô ?... dit vivement la Voix. Vous êtes rentré ?... Depuis plus d'une heure, je vous appelle toutes les cinq minutes, où étiez-vous passé ?

— Au cinéma.

— Qu'est-ce que vous avez été faire au cinéma ?

— J'ai été essayer de vous oublier. »

La Voix rit.

« Oh la la !... Mais vous êtes mordu, on dirait !... Reprenez-vous, mon vieux. On fait appel à vous en tant que détective privé, on ne fait pas appel à vous en tant que Roméo ! »

La Voix est prise de fou rire, et j'entends qu'une autre femme, au rire un peu plus grave, est en train de rire avec elle. Mon ton se durcit, et ma main se crispe sur l'écouteur.

« Qu'est-ce qui se passe ? je demande. Il y a quelqu'un avec vous ?

— Une copine.

— Elle est au courant de...

— Mais vous croyez quoi ?... C'est même elle qui m'a adressée à vous. Elle s'en va d'ailleurs. Ne quittez pas, je vous reprends dans dix secondes. »

Elle pose le combiné. J'entends des rires étouffés, puis quelques bruits de pas, des bisous amusés de femmes complices. Une porte s'ouvre et se referme. La Voix revient.

« Voilà. Elle est partie. Vous êtes content ?

— Oui.

— Ça va, ce soir ?...

— Comme ci comme ça.

— Vous boudez ?

— Non... Pourquoi bouderais-je ?

— Vous avez l'air de jouer les amoureux transis... Vous devriez savoir, à votre âge, que ce n'est pas le meilleur moyen de plaire aux femmes !

— Comment savez-vous l'âge que j'ai ? »

La Voix rit.

« Mais, mon cher, je n'ai pas besoin d'être détective privée pour le savoir ! Tout le monde vous connaît, dans le quartier ! Je vous ai vu cent fois boire votre demi au Raspail Vert.

— J'y étais encore il y a un quart d'heure.

— Vous voyez !

— C'est bien fâcheux que vous n'y soyez pas passée !

— Pourquoi ?

— On aurait pu bavarder devant un verre.

— Vous êtes têtu ! Je vous ai dit que je ne voulais pas vous rencontrer avant que vous n'ayez fini votre boulot. Par contre... »

La voix s'est faite, s'il se peut, encore plus lente et langoureuse. Comme au premier instant où je l'ai entendue (c'était à peine cet après-midi, mais il me semble qu'il y a déjà plusieurs mois...) elle évoque en moi l'image d'une aisselle blonde qui s'étire faisant remonter le sein et l'aplatissant un peu sur le thorax...

« Par contre ?... dis-je sans pouvoir empêcher ma propre voix de coasser.

— Par contre, j'attendais de pouvoir me retrouver seule avec vous, pour savoir si vous n'auriez pas envie de... »

Une nouvelle fois, la phrase est suspendue... Je sens obscurément que la Voix se joue de moi... et pourtant j'ai hâte de savoir ce qu'elle va dire...

« Envie de ?... je demande.

— Envie de faire l'amour avec moi au téléphone » dit la Voix si doucement, et si tendrement, qu'on dirait les mots qu'une femme en chaleur peut dire à votre oreille, au moment où vous allez entrer dedans.

Je suis saisi, un instant, comme avant, je ne trouve rien à répondre... je halète, peut-être, au téléphone...

« Vous avez entendu ? dit la Voix, à peine un peu moins doucement.

— Oui...

— Vous allez me trouver un peu folle... dit la Voix d'un ton empreint d'une légère humilité... mais avec ce beau temps... à la fin de cette belle journée... tout à l'heure... au moment où la nuit a commencé à tomber... j'ai repensé à toute mon histoire... entre ces deux hommes... celui qui va me baiser demain pour la dernière fois... et celui avec qui je vais m'envoyer en l'air à partir de demain soir... Ça m'a... comment dire ?... échauffé l'esprit... et je me suis dit que peut-être... pour m'aider à me faire passer ce qui me tourmente... vous accepteriez qu'on essaie de faire l'amour en se parlant... C'est pour ça que, depuis neuf heures, je n'ai pas arrêté de vous appeler... Là-dessus, Charlotte est venue prendre une tasse de café... Charlotte, c'est l'amie que vous avez entendue rire tout à l'heure... je lui ai raconté ce que je pensais... Vous savez comment elle a réagi ?... Elle a tout de suite commencé à passer sa main sur ma poitrine... il faut vous dire que j'ai les seins extrêmement sensibles, elle le sait... et puis elle m'a proposé de m'allonger sur le canapé qui est dans cette pièce... de relever ma jupe jusqu'en haut des cuisses... avec la chaleur, j'ai mis une longue jupe légère et très large, aujourd'hui... de se laisser glisser à genoux entre mes jambes... et me sucer... Je lui ai dit non... il y a quelque temps j'étais assez attirée par les femmes... mais depuis l'an dernier ça m'a passé... je ne peux plus jouir qu'avec des hommes... je le lui ai dit... elle allait partir juste quand vous avez répondu... Donc, si vous voulez qu'on reste encore un peu de temps ensemble au téléphone... je suis prête à... Voilà... le fil est très long... je viens de m'asseoir sur le canapé... je relève à peine ma jupe, pour l'instant... je l'ai relevée jusqu'aux genoux... mais j'ai déjà les jambes assez écartées... je dois vous dire que je suis jambes nues... j'espère que ça ne vous ennuie pas... si vous préférez que j'aie des bas noirs... je peux aller en mettre... comme ça vous pourrez me les faire enlever... je dois vous dire que j'ai la peau très blanche... surtout les genoux, les cuisses... Allô ?... Mais allô ?... Vous êtes toujours là ?... Vous m'entendez ?... »

Je l'entends. Je voudrais que cette conversation continue. Je sens que cette garce est prête à tout dire... qu'elle a l'habitude de l'exercice... qu'elle sait employer les mots qu'il faut... évoquer les actes que les hommes désirent faire avec les femmes... les actes les plus simples... mais aussi les plus sales... les actes permis... et les interdits... Je voudrais cela mais j'ai l'impression que je suis en train de me faire manipuler... que cette tordue s'efforce de me faire accepter gracieusement quelque chose que j'aurai à payer cher par la suite. Je repose tout doucement le combiné, je raccroche.

Dix secondes passent. La sonnerie retentit. Je

décroche. J'entends un commencement de phrase. « Mais dites donc, espèce de salaud... » Je raccroche. Dix secondes encore, sonnerie. Je laisse sonner. Je vais me coucher.

2

Je dors mal. Je sens que je me lance dans une affaire pourrie et que la journée sera rude. À six heures, debout. À six heures et demie, je marche jusqu'à la gare Montparnasse où les journaux sont déjà arrivés et où les troquets sont ouverts. Double caoua, lecture. La presse est morose, les Français sont moroses, l'époque est morose, les titres sont moroses. Mal-être, misère, angoisse, exclusion. Crainte, peur, frayeur, terreur, ras-le-bol. Les ministres corrompent, les députés concussionnent, les sectes recrutent, les banlieues s'agitent, les voitures flambent, les cimetières sont vandalisés, les maternelles sont souillées, les collèges sont cassés, les lycées sont dévastés, la délinquance financière bat des records, les bandes rivales s'affrontent au couteau, au cutter, à la batte de base-ball, des ados sont tués pour un oui ou pour un non. Immigrants maudits, escrocs en col blanc, fascistes flambants, fausses factures, bombes lacrymogènes, revolvers à grenaille, sticks paralysants, opinels, rackets, viols collectifs, serial killers, touristes sexuels, pédophiles, politiciens en fuite, jeunes filles emmurées. On efface des mômes comme on efface de la buée sur une vitre. J'achète régulièrement les cinq quotidiens du matin. Je coche les articles, ligne à ligne. Il m'est arrivé de dégoter ainsi pas mal d'affaires. Mais aujourd'hui, c'est l'affaire elle-même qui vient à moi... je la sens qui approche à pas de loup-garou... Ça pourrait bien ne pas être du tout cuit pour M. Follope, détective-privé-ancien-libraire !... Attention, Follope !... attention !... s'agirait pas d'aller poser le pied sur la mine anti-personnel en pensant que c'est du gâteau au chocolat !... Je replie les canards, je les fous dans ma poche, je reviens chez moi par le boulevard Edgar-Quinet, au débouché de la rue du Montparnasse, à l'angle où se trouve l'agence du Crédit Lyonnais, une jeune barbu, dans les trente ans, a déjà pris sa place habituelle, à genoux sur un morceau de carton, en plein trottoir, une sébile devant lui, et un grand écriteau accroché sur la poitrine.

J'AI HONTE
MAIS J'AI FAIM !

Et inévitablement, mais je m'y attendais, à l'angle de ma propre rue, je tombe sur un quarteron de handicapés en train de discuter le bout de gras... comme si tout le spectacle que Paris pouvait offrir à ses enfants... en ces matins de printemps où on aimerait se sentir l'âme joyeuse... c'est ce spectacle omniprésent d'une misère multiforme... d'une humanité déshumanisée... À peine si je ne marche pas sur un de ces débris... si je n'en écrase pas un, ou une, au passage... Je m'excuse mais je sens dans mon dos des regards furieux... Pardon !... Sorry !... Lamenti !... Je l'ai pas fait exprès, mes chéris !... Je suis peut-être un peu anxieux en ce moment, mais j'ai bon cœur !... Le stress, c'est notre lot à tous... Vous avez vos soucis, j'ai les miens. Qui changerait sans hésiter son sort contre celui d'un autre ?... On voit bien des princesses se taillader les veines ou se jeter du haut des escaliers !... Pas d'illusion béate !... C'est encore dans sa peau qu'on est le mieux !... Cette pensée m'apaise, et je finis par arriver chez moi d'un pas serein. À huit heures moins cinq, je me retrouve assis à mon bureau, la main suspendue au-dessus du téléphone. À huit heures pile, le téléphone sonne. Je laisse tomber la main sur le combiné, je décroche, je porte l'écouteur à mon oreille. La Voix.

« Allô ?

— Allô...

— C'est moi. »

La voix est coléreuse-froide.

« Qu'est-ce qui vous a pris de me raccrocher comme ça au nez, hier soir ?

— Sais pas.

— Si, vous le savez.

— Une intuition. »

La voix est coléreuse-froide-rageuse.

« Salaud. J'avais envie de faire l'amour au téléphone, moi.

— Moi pas.

— Si, vous aviez envie de faire l'amour avec moi, vous aussi, je l'ai senti dès notre premier coup de téléphone.

— Peut-être.

— Ne dites pas "peut-être", vieux bouc, je sais que c'est vrai.

— C'est vrai, l'amour avec vous, mais justement, pas au téléphone. L'amour avec vous, mais en vrai.

— Vous pouvez vous astiquer le manche pendant dix mille ans avant que je fasse l'amour avec vous en vrai ! C'était déjà trop que je veuille faire l'amour avec vous par téléphone. Je me le suis reproché toute la nuit, vieux con.

— C'est vous, chère amie, qui faites partie de la race des cons, jeunes ou vieux, ce n'est pas moi.

— Gardez vos gracieusetés pour vous. Je vous ferai payer ça.

— Ne vous faites pas plus méchante que vous n'êtes... Il se peut, qu'un jour, nous nous retrouvions sur l'oreiller...

— Comptez-y. Vous vous traînerez à mes pieds, un jour prochain ! Je me vengerai salement de vous. »

Il y a un silence. J'écoute sa rage siffler à mes oreilles par le combiné, et je suis certain qu'elle ne ment pas. Shakespeare dit que rien n'égale la haine d'une femme repoussée, cette maxime semble s'appliquer au refus de faire l'amour par téléphone. Une sueur froide coule dans mon dos car je continue à désirer cette femme, alors que je ne doute pas que si elle me disait « je suis prête à vous faire une fellation » et que j'y consente, elle me trancherait la queue d'un coup de dents. Je compte jusqu'à dix en respirant profondément, histoire de reprendre mes esprits, et je rembraye.

« Vous êtes toujours là ? »

La voix est redevenue calme, positive.

« Oui.

— On ne va pas passer notre vie à s'engueuler ?

— Non.

— Parlons peu, parlons bien. Est-ce que vous me confiez toujours le travail prévu pour cet après-midi, oui ou non ? Si c'est oui, je l'exécuterai de mon mieux. Si c'est non, et que vous préfériez le confier à quelqu'un d'autre, je remets immédiatement la clé, la photo, les billets et la lettre dans une enveloppe que je vais déposer à votre nom au Raspail Vert.

— C'est oui. Je continue à vous confier ce travail.

— Vous m'avez dit que vous habitiez près de chez moi. Je suppose que c'est peut-être dans ma rue...

— Non. C'est de l'autre côté du boulevard Montparnasse. Tout près. Mais n'essayez pas de me tirer les vers du nez. Je vous appellerai à cinq heures moins dix, je vous donnerai l'adresse exacte, je vous demande d'être là à cinq heures pile et de prendre ces photos. Faites-les développer aussitôt et soyez au Raspail Vert à vingt et une heures. Vous m'y trouverez, vous me les remettrez, et je vous donnerai ce que je vous dois.

— Je pourrai alors vous faire un peu la cour ? je risque.

— Vous êtes fatigant, on n'en a vraiment jamais fini, avec vous ! Vous serez payé pour votre travail, mais vous aurez quelque chose à me payer à cause de ce que vous m'avez fait hier soir, et je vous garantis que vous paierez.

— Écoutez, Estelle...

— Ça sera sanglant. Vous paierez du sang, vieil imbécile. Vous n'avez pas compris ? Vous paierez du sang ! »

Elle raccroche.

Comment se passe la journée, je ne saurais le dire. Je tourne en rond, je suis comme un ours en cage. J'ai envie de tout bazarder, d'aller rapporter lettre, clé, photo, argent, au Raspail Vert et puis je pense que ce serait une lâcheté, je ne vais tout de même pas m'écraser devant les menaces d'une femme !...

Les aiguilles de ma montre semblent frappées de paralysie, mais elles finissent par avancer !... Midi. Quinze heures. Seize heures. Seize heures quinze. Seize heures trente. Seize heures trente-cinq. Seize heures quarante. Seize heures quarante-cinq. Seize heures cinquante. Téléphone.

« Allô, c'est vous ?

— C'est moi.

— Prenez note. 23, rue de la Grande-Chaumière, premier étage, porte face. L'immeuble n'a pas de concierge. La porte sur rue est commandée par un digital. Le numéro de code est 31 A 95. Je répète 31 A 95. Vous devez agir à dix-sept heures pile, avec une marge de dix secondes en plus ou en moins. Quelle heure à votre montre ?

— Seize heures cinquante-deux.

— Exactement comme moi. Parfait. Veuillez répéter mes instructions.

— 23, rue de la Grande-Chaumière. Premier étage. Porte face. Digital 31 A 95. Action à dix-sept heures pile.

— Il vous reste six minutes. Ne ratez pas les photos ! À ce soir, vingt et une heures, au Raspail Vert. »

Je glisse dans ma poche mon petit Nikon autofocus grand-angle armé sur la position shot en rafale, je sors. À dix-sept heures moins quatre je suis au carrefour Vavin, à dix-sept heures moins deux j'ai traversé, à dix-sept heures moins une j'appuie sur le digital du 23, rue de la Grande-Chaumière, à dix-sept heures moins dix secondes j'ai escaladé l'escalier, je me trouve sur un palier étroit où sont trois portes, j'approche de la porte face.

Dix-sept heures.

3

J'enfonce doucement la Bricard dans la serrure, le long taquet glisse sans bruit, je donne un quart de tour supplémentaire pour dégager le pêne, go !, j'ouvre vivement la porte, je me trouve aussi sec dans la chambre, j'embrasse la scène d'un coup d'œil, il y a devant moi un grand lit, il n'est pas défait, il est vide, la fille n'y est pas, elle est à côté, un peu sur la droite, je la reconnais immédiatement, sa tête est posée sur une assiette, qui est elle-même posée sur une petite commode, près de la fenêtre. La fille a été décapitée à moitié cou. Il y a un lac de sang sur le lit, par terre, des giclées de sang sur les murs, le plafond, partout. La fille a exactement la même visage que sur la photo d'identité où je l'ai trouvée si belle, c'est à peine si ses beaux cheveux noirs sont décoiffés, si sa grande bouche peut paraître contractée, elle me regarde de ses grands yeux morts. Mais... est-ce qu'elle n'a pas quelque chose dans la bouche ?... J'approche. Oui, bien sûr, on lui a collé un billet de la S.N.C.F. entre les dents, j'aurais dû m'en douter ! Je devrais peut-être baisser ces longues paupières sur ces beaux yeux, mais je ne peux pas. Je devrais peut-être m'enfuir de la chambre, et laisser à d'autres le soin de découvrir ce meurtre. Je ne peux pas non plus. Je suis dans le bain ? j'y reste.

Première question : où est le corps ?... Je me dis que le corps est sans doute dans la baignoire, où la tradition veut qu'on allonge les femmes qu'on va dépecer, j'entre dans la petite salle de bains qui n'est séparée de la chambre que par un rideau, rien, je reviens dans la chambre, le cœur battant, je regarde sous le lit, rien, je contourne le lit, sur la cloison opposée qui fait face à la commode il y a un placard, je regarde, rien, bon, le corps n'est pas là, mes jambes flanchent, je me laisse tomber sur le coin du lit qui n'est pas trop ensanglanté, je sors le portable dont je me munis pendant les enquêtes, je fais le 17, numéro de la police, suivit du 0.17-14, numéro de l'antenne de la rue Delambre que le commissaire Aimé Jovial m'a un jour confié, je dis en deux mots ce que j'ai à dire. « On arrive. »

Ouf ! Je décompresse. J'ai l'impression d'avoir reçu un coup de massue sur la nuque, je me laisse tomber en avant, les mains sur les genoux, il se passe quatre ou cinq minutes, j'entends la sirène de la police, le bruit enfle, fait trembler les murs, la voiture a évidemment stoppé en pleine rue devant l'immeuble, au bruit qu'elle fait je sais que ce n'est pas la petite Peugeot, c'est le fourgon, une porte claque, des pas lourds ébranlent l'escalier, je me remets péniblement sur mes jambes, et je vois entrer dans la chambre deux inspecteurs, l'un très grand, l'autre assez petit, je les connais bien, ce sont mes voisins.

Ils s'arrêtent un instant sur le seuil, considèrent la scène d'un coup d'œil, referment la porte, avancent vers moi de quelques pas et s'immobilisent. Je ne peux retenir une grimace. Ils se sont acquis une certaine réputation dans le quartier. Chacun sait qu'ils travaillent en équipe et que c'est l'équipe la plus redoutée du secteur.

Le premier est un hercule de près de deux mètres, avec un torse surpuissant, et une tête grande comme une balle de tennis. Sur cette tête jaune, minuscule et musclée, que couronnent quelques touffes de cheveux rougeâtres, on a fixé, semble-t-il, à l'agrafeuse, deux gros yeux incolores, aussi dénués d'expression qu'un anus de pieuvre frappée d'idiotie.

Le second est petit, brun, de type chafouin, avec des yeux vifs et une bouche agitée de belette. Il a une épaule plus haute que l'autre et se tient courbé, le ventre en avant, à moitié bossu.

Jusqu'à ces dernières années, dans la police parisienne, on agissait de manière anonyme, mais depuis quelque temps, sous l'influence des séries américaines vues et revues à la télévision, les inspecteurs prennent peu à peu l'habitude de se présenter aux justiciables, à la manière des inspecteurs anglo-saxons. C'est d'autant plus marrant, dans le cas présent, que je connais bien les deux inspecteurs, et qu'ils le savent.

« Je suis l'inspecteur principal Mornios, déclare l'hercule d'une voix aigrelette, et voici mon collègue, l'inspecteur de seconde classe Le Têtard.

— Enchanté », réponds-je prudemment, en me demandant comment les choses vont tourner.

Les deux anus me regardent sans ciller, la balle de tennis ouvre de nouveau la bouche, qui n'est pas plus grande qu'une pièce de dix francs, et la voix aigrelette demande : « C'est vous qui avez téléphoné ? »

Je montre de la main la tête posée sur la commode : « Non, je dis. C'est la tête. »

Le torse de l'hercule ne bouge pas, mais son bras droit se déplie comme un tentacule et je prends dans la gueule un poing qui serait fait de quatorze marteaux-piqueurs. Je suis projeté en arrière et je vais m'écraser contre la cloison. Un instant je crois que je vais y rester collé par le dos tellement j'ai l'impression que mes os sont devenus de la colle, mais je redescends doucement et je me retrouve étalé sur le plancher.

« Un à zéro, chef, dit le bossu. Ça me rappelle les coups francs de Platini.

— Cherchez le corps, Le Têtard ! intime l'hercule d'un filet de voix sans réplique. J'appelle qui de droit. »

Le bossu se dirige vers la commode, dont il ouvre le premier tiroir avec précaution, comme si le corps décapité pouvait en jaillir. L'hercule décroche un portable de sa ceinture et appelle les divers services concernés. Je me remets péniblement sur pied. Le bossu regarde dans les quatre autres tiroirs de la commode, regarde dans les placards, regarde dans la table de nuit, regarde sous le lit, va inspecter la salle de bains, regarde dans les waters, et revient en disant : « Le corps s'est enfui, chef. »

L'hercule a fini de téléphoner, il se dirige à son tour vers la commode, regarde de tout près la tête coupée en prenant bien soin de ne pas la toucher, se redresse, me regarde, et me dit : « Jolie fille. Dommage qu'elle soit décapitée.

— Ouais », je dis, m'attendant à recevoir un nouveau coup de tentacule.

Je n'ai pu m'empêcher d'avoir un léger mouvement de recul, et l'hercule me dit, d'un ton bonhomme : « Qu'est-ce qui se passe, petite tête ? On a peur des flics ?...

— Non.

— C'est vous qui l'avez décapitée ?

— Non.

— Vous étiez là quand on l'a décapitée ?

— Non.

— Vous savez qui l'a décapitée ?

— Non.

— Vous l'avez entendue crier ?

— Non.

— En somme, vous vous êtes trouvé là par hasard ?

— Non.

— Vous répondez toujours non quand on vous pose des questions ?

— Non. »

L'hercule me tourne brusquement le dos et s'adresse de nouveau au bossu.

« Inspecteur Le Têtard, dit-il, ce personnage, en qui vous avez reconnu notre voisin le détective privé, contient des informations que nous allons lui faire dégueuler pour alimenter l'enquête de la police. Qu'il le veuille ou non, il faut qu'il parle ! En tant qu'officier de police judiciaire, je décide de la placer en garde à vue. Foutez-lui un coup de boule dans le plexus, passez-lui les bracelets, faites-le monter dans le fourgon, et allez me le boucler à l'antenne de police, c'est à deux pas de chez lui, il ne s'y trouvera pas dépaysé.

— Oui chef, dit le bossu, toutefois je me permets de vous rappeler respectueusement que le nouveau code de procédure pénale interdit de tabasser les témoins. Je ne lui foutrai donc pas le coup de boule, et vous avez eu tort de le gnonner.

— Ce n'est pas un témoin, c'est un suspect ! rugit l'hercule d'un filet de voix encoléré.

— Témoin, suspect, mis en examen... c'est du pareil au même, désormais... Tout ce petit monde est présumé innocent jusqu'au jour du jugement définitif, qui finira bien par intervenir dix ou vingt années après le crime, et on n'a donc plus le droit de les cogner.

— Ce n'est pas étonnant que la société coure à sa ruine ! dit l'hercule. Pourquoi les coupables avoueraient-ils s'ils ne courent aucun risque à fermer leur gueule jusqu'au jour du Jugement dernier ? Bon. Débarrassez-moi de M. Follope, je l'ai assez vu. » Et, tourné vers moi : « Mon collaborateur, qui est frais émoulu de l'École supérieure de Police, me fait remarquer que je n'aurais pas dû vous gnonner, je me suis laissé emporter par un mouvement d'irritation provoqué par le spectacle de cette décapitation pénible. Je vous en exprime mes regrets, et vous indique que vous trouverez à l'antenne de police un registre aux pages numérotées, sur lequel vous pourrez porter les observations que vous jugerez nécessaires au terme de votre garde à vue. Ce registre est soumis, le 31 décembre de chaque année, à l'Inspection générale des Services de police, autrement dit l'I.G.S., connue du grand public sous le nom de Police des polices, et des initiés sous le sobriquet de “bœufs-carottes”.

— Bon, ça va, je n'en fais pas une affaire, je dis. Moi aussi, quand je tombe sur la tête d'une jolie fille qui vient d'être décapitée, il m'arrive de perdre les pédales.

— Assez de salades, du balai. »

Le Têtard approche, décroche les menottes qui sont suspendues à son ceinturon, me fait mettre les mains derrière le dos et entreprend de m'attacher les poignets. Comme il peine à y arriver, l'hercule lui dit sur un ton d'humanité : « Inspecteur Le Têtard, je vous autorise à lui mettre les bracelets, les bras devant. C'est une mesure de bienveillance, que je décide de prendre, à titre exceptionnel, puisque, après tout, nous avons toujours eu, jusqu'ici, avec M. Follope, ancien libraire, des relations de bon voisinage.

— Je vous en remercie sincèrement » je dis.

L'hercule me tourne le dos et va se remettre à considérer la tête coupée. Une mouche, qui me semble d'abord noire, mais dont je m'aperçois, à mieux la regarder, que les ailes sont d'un bleu profond, délicat, tirant légèrement sur le violet, approche elle aussi de la tête, et s'immobilise environ vingt centimètres au-dessus, paraissant chercher à se poser. Ça me fait me souvenir, brusquement, de quand je faisais la guerre en Algérie, jeune rappelé, et qu'on embarquait à vingt ou trente dans un de ces énormes hélicoptères américains, qui avaient deux séries de pales à chaque bout, que nous appelions les « bananes », et qui, avant d'atterrir sur les dropping-zones où ils allaient nous déposer, dans le djebel, faisaient un point fixe interminable au-dessus de la caillasse où les fellouz pouvaient être embusqués — le meilleur moment pour se faire descendre sans pouvoir rien faire pour se défendre... Il m'est arrivé d'en pisser de frousse dans mes frocs, et il est moins une que j'en fasse autant ici !

« Alors, vous rêvez ? » me dit Le Têtard.

Il me fait mettre les poignets devant, il me passe les bracelets, nous nous retrouvons dans la rue. Au bas de l'immeuble, il y a un fourgon de police, à moitié parqué sur le trottoir. Deux jeunes flics attendent, adossés-assis sur le capot. Comme nous sortons, ils se mettent debout, et avancent nonchalamment vers moi.

« C'est quoi, ça ? demande l'un des deux, un joli blond, en m'enfonçant son index dans l'estomac. Le meurtrier ou la victime ?

— C'est un suspect, dit Le Têtard. Défense d'y toucher. On va le mettre en garde à vue pour essayer de voir ce qu'il a dans le ventre. Emmenez-moi avec lui à l'antenne, et puis vous me ramènerez ici.

— Le chef y reste encore un peu ?

— Oui. Il interroge une tête coupée.

— Viens, mignonne », me dit le flic. Il m'alpague par le devant de la chemise et me propulse dans le fourgon dont la porte coulissante est restée ouverte. Je me récupère à moitié groggy sur la banquette latérale. Le Têtard s'assoit à côté de moi. La porte coulissante se referme, les deux flics sautent devant, et le fourgon démarre sur les chapeaux de roue en direction de l'antenne de police distante d'à peu près trois cents mètres.

On descend. Le Têtard passe derrière un comptoir et me fait décliner mon identité. Il complète un formulaire fait d'avance comme quoi je me trouve placé en garde à vue. On pousse devant moi un panier métallique, genre panier de supermarché, où Le Têtard m'invite à déposer tout ce qui se trouve dans mes poches, portefeuille, clés, portable, appareil photo, peigne, menue monnaie, tickets de métro, etc., plus ma ceinture, mes lacets et ma cravate, si j'en ai une. Je n'en ai pas, mais j'ai tout le reste, et je le dépose dans un panier. Mon pantalon ne tient plus très bien sans ceinture, et je le retiens d'une main pendant que l'inspecteur consigne patiemment sur un registre le détail de ce que j'ai déposé dans le panier. Quand il a fini, il me demande de signer le registre, je signe, il confie le panier à un jeune flic qui se trouve aussi derrière le comptoir, lequel flic disparaît avec le panier dans un couloir qui s'ouvre à droite.

« Tout ça est parfait ! me dit Le Têtard, une fois que le flic et le panier ont disparu. Je vais vous conduire à votre cage, mais auparavant il nous reste une dernière formalité à accomplir.

— Ah oui, c'est quoi ?...

— Eh bien, cher monsieur, en tant que citoyen de la République française vous êtes membre de ce qu'on appelle à juste titre un « État de droit »... soit dit en passant il n'y en a pas un bien grand nombre dans le monde... et vous avez donc toutes sortes de droits que la police tient à respecter scrupuleusement, par exemple...

— Par exemple ?...

— Par exemple, avant d'être mis en cage pour la garde à vue, vous avez le droit de faire la preuve que vous ne portez sur vous ni drogue ni armes, et vous avez le droit par conséquent de passer par la petite formalité que nous appelons la fouille au corps. La fouille au corps, oui... Vous savez ce que c'est, monsieur Follope ?...

— Vaguement...

— Tant mieux ! Beaucoup de gens croient le savoir, et ne le savent pas, et il est parfois un peu délicat de le leur expliquer... mais puisque vous le savez... tout ira comme sur des roulettes !... »

Je sais ce que c'est que la fouille au corps, mais en fait, il y a très peu de temps que je le sais. Comme beaucoup de Français, j'imagine, je croyais tout bonnement que ça voulait dire que les policiers fouillaient vos vêtements pour s'assurer que vous ne portiez sur vous ni armes ni drogue, ainsi que vient de me le préciser Le Têtard.

Or, il y a six ou sept mois de cela, j'ai appris par une lettre de lecteur publiée dans *Le Monde* que ça ne voulait pas du tout dire ça ! Le lecteur, ou plutôt la lectrice, qui avait raconté sa mésaventure au *Monde*, narrait en détail la manière dont se passe à Paris, à notre époque, la fouille au corps. Cette jeune femme, une bourgeoise, femme de médecin, je crois, avait été, un paisible après-midi de printemps, chercher sa fillette à l'école. Elle y avait été à vélo, et comme elle était un peu en retard, elle avait remonté à vélo une petite rue en sens interdit. Elle était dans son tort, assurément, et deux flics, qui se trouvaient postés au bout de la rue lorsqu'elle y était arrivée, l'avaient fait descendre de vélo, lui avaient indiqué qu'elle était en infraction, et lui avaient demandé ses papiers. Elle ne les avait pas sur elle, ne s'en étant pas munie pour effectuer ce court trajet. Ne se souciant pas du tout de ce qu'elle leur disait, qu'elle allait chercher sa fillette à l'école, et que ça pourrait être très ennuyeux pour l'enfant si elle se trouvait hors de l'école sans que sa mère fût là pour l'accueillir, ils l'avaient placée en état d'interpellation et l'avaient conduite au commissariat. Là, elle s'était énervée, elle avait eu des mots avec l'inspecteur de service, elle avait fini par avoir une crise de nerfs et pour la calmer on lui avait mis les menottes, on l'avait attachée au tuyau du chauffage central, on lui avait interdit de prendre contact avec quiconque, on l'avait conduite à un autre commissariat, et là on lui avait dit qu'elle se trouvait maintenant en garde à vue, et qu'avant de l'encager on allait la faire passer par la fouille au corps.

La fouille au corps ne consiste pas en ce que la police fouille les vêtements que la personne fouillée porte sur elle. Cette personne doit d'abord enlever tous ses vêtements, ils sont fouillés à part. La jeune femme s'était retrouvée nue comme la main, on l'avait placée devant un mur, on l'avait fait se pencher en avant, les mains posées à plat sur le mur, on lui avait fait écarter les jambes, et le médecin de service, qui était une femme ce jour-là, ayant enfilé un doigtier de caoutchouc, avait procédé, par-derrière, à la fouille anale, urinale et vaginale qui s'impose si l'on veut sérieusement s'assurer que la personne ainsi pénétrée ne transporte pas en elle un 6.35, un kriss malais, ou quatre kilos de cocaïne !...

La jeune femme avait été longue à se remettre de l'épreuve, elle avait écrit au *Monde*, le *Monde* avait publié la lettre, la lettre avait déclenché une enquête de la Police des polices, mais les bœufs-carottes avaient conclu que tout s'était déroulé dans les règles, puisque, dans la République française, l'État de droit permet à la police parisienne d'explorer soigneusement l'anus et le vagin d'une jolie fille coupable d'avoir pris une rue à contresens, et permet accessoirement à ladite République de donner, d'un bout de l'année à l'autre, des leçons de morale au monde entier.

« Alors, vous venez ?... »

Je suis Le Têtard dans un couloir qui s'ouvre à l'opposé de celui par où le panier et le flic ont disparu, nous longeons trois cages, vides pour l'instant, et il me fait entrer dans une petite pièce sans fenêtre, qu'éclaire brillamment une suspension quadrillée de néons.

« Foutez-vous à poil, il me dit, posez vos frusques sur ce tabouret, je vais appeler le toubib de permanence.

— Il est où ?

— Au commissariat central, avenue du Maine, il devrait être là dans cinq minutes.

— Bon, je me fous à poil.

— Il y a pas mal de femmes qui sont toubibs, maintenant, dans la police... Qui sait si ce n'est pas une de ces mignonnes qui viendra vous chatouiller le rectum ?... Vous aurez encore cette chance, vieux bouc ! »

Il sort. J'ai l'impression qu'il rigole pour lui-même, l'œil en coin, genre mec qui s'apprête à faire une blague, mais comme je ne vois pas ce qui pourrait m'arriver de pire que ce qui est en train de m'arriver depuis ce milieu d'après-midi, je laisse courir.

Bizarrement, alors que je viens de me souvenir de ce que la jeune femme soumise à la fouille au corps avait subi... (est-ce que ça ne serait pas un « viol », tout simplement, plutôt qu'une « fouille au corps » ?...), ça ne me fait pas grand-chose de me dire que je vais devoir y passer... l'homme qui a fait son service militaire s'est mis dans la tête, une fois pour toutes, que son corps est à la disposition de la République, et de ses lubies. Je me fous donc à poil et, en attendant que le ou la toubib arrive, je fais des exercices gonflement-dégonflement de l'intestin grêle, de telle façon que lorsqu'il ou elle m'enfoncera ses doigts là où je pense, il ou elle en aura pour son argent.

Des pas dans le couloir. Une voix rieuse : « Alors, elle est où, cette meuf ?... », la porte s'ouvre, un type d'une trentaine d'années en blouse blanche, blond, plutôt beau gosse, entre vaillamment, suivi du Têtard, qui, visiblement, se retient pour ne pas éclater de rire.

« Quoi ?... C'est ça ?... » gueule le toubib avec une vive expression de dégoût, en me regardant.

« Oh, je suis désolé, docteur ! dit Le Têtard, il y a dû y avoir une erreur de transmission, on m'a dit qu'il fallait fouiller au corps une jolie fille, et c'est ce vieil homme !... » Il tressaute de rire, ses bosses aussi.

« Vous me paierez ça, sale avorton ! lui dit le toubib, blême de rage.

— Alors, je passe à la fouille, oui ou non ? je demande en tendant l'échine vers lui.

— L'an prochain, si vous êtes en vie, me dit le toubib.

Il les met, claque la porte, on l'entend s'éloigner vivement dans le couloir. Le Têtard exulte.

« Je l'ai eu ! Je l'ai eu, ce demeuré !... Il s'est fichu de moi, il y a trois semaines, sous prétexte que monsieur est beau gosse et moi pas... eh bien, cette fois, c'est moi qui l'ai eu !

— Il me paraît teigneux, sous ses bouclettes... Il vous revaudra ça, un de ces quatre !

— Possible, mais je m'en fous. Je me le suis farci aujourd'hui, c'est grâce à vous. Ça me fera un excellent souvenir, pour mes vieux jours. On n'en a pas tellement à remâcher, dans la police... Allez, ne perdons pas de temps, rhabillez-vous. Je vais vous donner la cage un, c'est la meilleure. »

Je me rhabille. Le Têtard me conduit dans la première des trois cages qui, à première vue, sont exactement semblables.

« Pourquoi cette cage est-elle meilleure que les deux autres ? je demande.

— Je ne l'ai jamais su, mais tout le monde le dit. »

Il me boucle.

La cage est meublée d'un bat-flanc, d'un tabouret, et d'une tinette. Dans le fond, un évier, un robinet. Une vieille couverture est posée sur le bat-flanc, un rouleau de sopalin sur la tinette. Ça pue, dans l'ordre, l'urine, la merde, le dégueulis, le désinfectant. Je m'allonge sur le bat-flanc, je roule la couverture en boule sous ma tête, je m'endors instantanément.

Quand je me réveille, il fait nuit. Le couloir est éclairé par une loupiote fixée au plafond et protégée par un grillage. J'ai froid. Je n'ai pas envie de me rendormir. Je me remémore ce qui s'est passé depuis hier. La Voix s'est évidemment jouée de moi, mais pour quelle raison, et dans quel but ? Du temps passe, un flic se ramène, pas très jeune, la vareuse déboutonnée, le permanent de nuit, j'imagine. Il a un trousseau de clés à la main. Il ouvre la cage.

« Interrogatoire ! Amène-toi. » Je me mets debout.

« Il est quelle heure ? je demande.

— À peine dix heures.

— Oh la la, j'avais peur qu'il soit trois heures du matin !

— Tu te trompais. »

Je sors, retenant mon pantalon. Le flic me conduit dans une assez vaste pièce à usage de bureau pour inspecteurs. Mobilier fonctionnel, mais de bon goût. Classeurs métalliques, du plancher au plafond. Vaste tableau mural où sont épinglées, côte à côte, et souvent les unes sur les autres, une bonne centaine de circulaires où mes yeux fatigués distinguent toutefois un mot tamponné, répété à l'infini :

URGENT !

Un bureau croulant sous les paperasses, deux ou trois médiocres fauteuils inoccupés, au centre de la pièce, un tabouret. L'hercule s'est adossé à un classeur. Le bossu se tient à deux pas. L'hercule me regarde de ses deux anus poulpéiens qui me semblent légèrement rapetissés par la fatigue. Je ne suis pas mécontent d'avoir dormi.

« Bonsoir, monsieur Follope.

— Bonsoir, inspecteur.

— Tout se passe bien ?

— Pas trop mal.

— Je viens de dîner à La Coupole avec l'inspecteur Le Têtard, et je vous aurais fait volontiers porter un plateau de fruits de mer, mais la règlementation afférente à la garde à vue ne prévoit pas que la personne en garde à vue puisse avoir faim.

— Un oubli, sans doute.

— Que l'autorité supérieure ne manquera pas de réparer ! Vous verrez qu'à votre prochaine garde à vue, vous ferez un véritable gueuleton. Vous préférez quoi, avec les huîtres ? Chassagne-montrachet ou sauvignon ?

— Sancerre.

— Un homme de goût ! La prochaine fois, avec les huîtres, nous vous ferons donc monter du sancerre. Veuillez noter cela dans votre tête, Le Têtard.

— C'est noté, chef.

— Merci. Cher monsieur Follope, la fouille au corps n'a pas été trop pénible ?

— Je me suis permis d'en dispenser le gardé à vue, en raison de sa décrépitude due à l'âge » dit Le Têtard. Il m'adresse, en loucedé, un mini-clin d'œil, m'incitant à taire le tour de vache qu'il a fait au toubib-bouclettes. Je comprends et je la ferme.

« Vous avez bien fait, Le Têtard. Liberté, égalité, humanité... telles doivent être, plus que jamais, les trois mamelles de la police ! Vous êtes d'accord, monsieur Follope ?

— Tout à fait d'accord.

— Veuillez vous asseoir. »

Je m'assois. Le bossu va se placer dos à la porte. L'hercule reste planté devant moi. Il m'indique que la garde à vue n'a pas pour objet de créer des rapports d'hostilité entre les citoyens et la police, mais bien au contraire d'établir entre eux cet inestimable climat de confiance mutuelle nécessaire à la manifestation de la vérité. Il regrette que l'effort ainsi consenti par l'autorité investie du pouvoir d'État soit parfois mal compris des justiciables, et déplore que, la semaine précédente, un Bamboula-Bouffanna dépourvu de papiers ait préféré se jeter du treizième étage de la tour nommée « Les Bosquets fleuris » porte de Montreuil, plutôt que de se laisser placer en garde à vue. Il m'informe enfin du résultat de ses premières investigations, en ce qui concerne l'affaire en cours. La décapitée se nomme Estelle Darnetal. Elle avait trente ans. On ne lui connaît pas de famille. Elle habitait depuis six ou sept mois ce studio loué par l'intermédiaire d'une agence. Elle payait son loyer par chèque. Elle était à jour. Elle ne touchait pas le R.M.I., ce qui laisse supposer qu'elle avait des revenus réguliers. Mais lesquels ? Personne ne peut le dire. Personne ne se souvient de l'avoir vue, ni ce jour-là, ni les jours précédents dans l'immeuble où elle habitait. Personne ne s'est inquiété de sa disparition, personne n'a demandé de ses nouvelles. La police va donc continuer son travail de fourmi, conclut l'hercule.

« Et moi ?

— Jusqu'à nouvel ordre vous restez en garde à vue. J'ai encore une dizaine d'heures avant de vous faire savoir si cette garde à vue sera prolongée ou non, et vous pouvez compter sur moi, et sur mes collaborateurs, pour que vos droits soient respectés jusqu'à cette limite, et même après. Permanent ! »

Le flic usagé réapparaît, l'hercule lui fait signe que l'interrogatoire est terminé, le flic usagé me ramène dans ma cage, je me rallonge sur le bat-flanc, je me rendors.

Je rêve. Je rêve que je suis encore libraire. Je suis libraire à l'endroit même où j'ai tenu ma librairie, avant de devenir privé, à vingt mètres de l'antenne de police, sur le trottoir de droite quand on arrive du carrefour Vavin, rue Delambre. J'ai acheté cette librairie, il y a trente ans, à la mort de ma mère, qui m'avait laissé un petit héritage : elle était une femme entretenue, je n'ai jamais connu mon père. Ma mère ne faisait pas grand-chose. Elle habitait de l'autre côté du boulevard Montparnasse, rue Notre-Dame-des-Champs, pas trop loin de l'endroit où Estelle a été décapitée. Elle sortait peu. Elle passait son temps à lire. Le monsieur qui l'emmenait dîner, une ou deux fois par semaine, et à qui je n'ai jamais parlé, parce que sitôt qu'il devait arriver, ma mère me disait : « Va dans ta chambre » (l'appartement était la propriété de ce monsieur, il comportait des espaces très séparés, il y avait au centre comme un petit appartement spécial, que je partageais avec ma mère, puis donnant sur la cour, à droite, ma chambre avec son cabinet de toilette, très isolés, puis, de l'autre côté, une sorte d'autre appartement, toujours fermé à clé, où je ne suis jamais entré), le monsieur donc, chaque fois qu'il venait, apportait tout un tas de livres à ma mère, qui me les passait une fois qu'elle les avait lus. Elle lisait tout le temps. Elle aimait que je lise. Elle ne me parlait jamais de ces lectures mais je me suis toujours dit qu'elle en parlait beaucoup avec ce monsieur, peut-être ne parlaient-ils même que de ça. Je suppose que c'est un monsieur qui travaillait dans l'édition, correcteur, critique, écrivain peut-être, libraire pourquoi pas ? J'ai passé mon adolescence comme ça, en lisant, en rêvassant, en vivant une vie où il ne se passait rien — sinon toutes ces aventures qui se déroulaient dans les livres ! Puis j'ai fait mon service militaire et je suis revenu vivre là, dans la pénombre qui n'avait jamais cessé de régner dans ces pièces, j'ai recommencé à vivre silencieusement à côté de ma mère, sans trop savoir pourquoi. Ma mère ne vieillissait pas. Elle était mince. Elle était toujours habillée de noir. Nous pouvions passer une semaine sans échanger une parole autre que les paroles inévitables, bonjour, tu as bien dormi, tu veux manger, tu as soif, il est tard, bonne nuit. Le monsieur continuait de venir. Si ce n'était pas lui, c'était un autre. Je crois que c'était lui, pourtant, parce que le va-et-vient des paquets de livres continuait. À l'armée, j'avais été au bordel. Puis, avec un copain, que j'ai perdu de vue par la suite, on était sortis avec deux sœurs. Elles n'avaient qu'un an de différence, elles se ressemblaient. Elles étaient rieuses, fraîches. Elles étaient secrétaires à l'I.N.S. — l'Institut national des sports, dans le bois de Vincennes. Elles vivaient ensemble, dans un petit appart à deux chambres, à Saint-Mandé. Nous, on était en cantonnement dans des préfabriqués que l'armée avait installés dans un terrain vague, derrière l'hippodrome.

Un soir, on avait bu, il était minuit passé, elles ne nous attendaient pas, on a voulu leur faire la surprise. On s'est pointés : elles ont ouvert, on a été chacun dans nos chambres, j'ai eu besoin d'aller aux toilettes, je me suis trompé de porte, je suis tombé sur le lit où était mon copain avec l'autre sœur, j'ai voulu m'excuser, ils ont ri, ils ont dit viens ! on va se pousser ! on se fait la place !... la sœur qui m'attendait ne me voyant pas revenir est venue, on a passé la nuit à quatre, le lendemain matin, les sœurs n'ont pas été à l'I.N.S., nous on n'est pas rentrés au cantonnement, on est restés au lit trois jours entiers, les fenêtres fermées, à boire et à manger, et à baiser comme des fous, comme si le reste du monde n'existait pas, mais après, ça a été fini, les deux sœurs ont rompu, elles n'ont jamais plus voulu nous revoir, elles ont dit qu'on était vraiment des dégueulasses, qu'elles se sentiraient humiliées et salies jusqu'à la fin de leurs jours. Heureusement, j'ai fait des photos tout au long de ces journées. Je les regarde, quelquefois. Les filles n'ont pas l'air de s'embêter. C'est drôle. Deux années après, ma mère est morte. Je l'ai fait incinérer à Montparnasse. J'étais seul pour cette cérémonie.

Un notaire inconnu m'a convoqué. Il m'a dit que je pouvais rester un mois dans l'appartement, mais que dans un mois, j'aurais à rapporter les clés. J'ai dit oui, que je les rapporterais même avant, parce qu'à l'exception de mes propres affaires, je comptais tout jeter, tout liquider. Il a ouvert alors une grande enveloppe, et il m'a dit : Votre mère a laissé un testament, il y a deux cent mille francs en liquide pour vous, mais, si cela vous intéressait, et à cette seule condition, vous pourriez devenir propriétaire d'une petite librairie, murs et fonds, comportant en outre deux pièces d'habitation, située près d'ici, rue Delambre. J'ai dit oui. Le mois suivant, j'étais installé. Tout a très bien marché pendant une vingtaine d'années, puis, en peu de temps, les gens ont à peu près cessé de lire. Je n'arrivais plus à joindre les deux bouts, j'ai pensé que si je continuais quelques mois comme ça, j'allais tout perdre. J'étais inquiet. Un soir, alors que je n'avais pas eu de tout l'après-midi un seul client et que je relisais pour la dixième fois un vieux polar en attendant l'heure d'aller dîner, je me suis dit : Je suis idiot, je tiens la solution entre mes mains, je cesse d'être libraire, je deviens détective privé, ce sera exactement le même monde, mais au lieu de le rêver, je le vivrai !

Je rêve. Je rêve que je suis libraire. Mais je ne vends pas des livres, je vends des héroïnes de romans. J'ai fait supprimer les anciens rayonnages, j'ai fait aménager à la place, sur les quatre murs, ces grandes penderies, sans portes, qu'on trouve dans les vestiaires des restaurants, ou des théâtres. Là, sur des tringles de cuivre, sont accrochées, pareilles à ces manteaux dont on se débarrasse avant d'entrer, ces femmes qu'on ne peut rencontrer que dans les livres, Madame Bovary, Nana, la Sanseverina, Albertine, la duchesse de Guermantes, Molly Bloom, Miss Blandish, Cora Smith-Papatakis, Rima Marshall, Eva, Gloria Shelby, etc.

Elles sont suspendues aux tringles par le moyen de simples portemanteaux que j'ai coulissés dans leurs épaules en prenant soin de ne pas les blesser, et dont le crochet ressort discrètement par le sommet de la tête. Chaque placard peut contenir vingt ou vingt-cinq de ces femmes, ce qui ferait, si ce harem littéraire était complet, une petite centaine en tout, mais il n'y en a jamais plus d'une soixantaine : je tiens à garder des places disponibles en vue des découvertes que je pourrais faire au cours de nouvelles lectures, ou d'héroïnes oubliées dont le souvenir pourrait brusquement revenir à mon esprit. On m'a parlé, par exemple, ces jours-ci, d'une jeune fille qui se transformait en truie, ou, l'autre nuit, je ne sais trop comment, je me suis brusquement souvenu d'une nommée Roberte qui, en jarretelles noires, et le cul nu sous un grand manteau de velours noir, mais gantée de gants pourpres d'évêque, s'introduit dans les églises, la nuit, monte à l'autel, ouvre le tabernacle, glisse la main dedans, et s'empare des hosties consacrées pour les souiller.

Oui, tout ce petit monde est là, chez moi. Chacune porte, évidemment, les vêtements dont son créateur l'a dotée, mais le libraire sait bien que le vêtement n'est jamais, par rapport à la femme, que la clé de la porte d'entrée, ces vêtements sont donc simplement noués autour de leur cou par un léger nœud, et il est possible, dans ma librairie, d'avoir accès au corps de ces femmes romanesques, autant qu'à leurs capes, à leurs robes, et aux dessous de toute espèce dont elles n'ont jamais manqué de faire usage à la fois pour nous attirer vers leur corps et pour nous empêcher d'y accéder.

Je ne vends pas ces femmes, je les loue, à la journée, à la nuit, au week-end, à la semaine dans des cas exceptionnels. Il m'arrive de les prêter à des étudiants sans ressources, à des vieux lecteurs désargentés. Je mets un point d'honneur à ce qu'elles soient toujours comme elles doivent être... c'est-à-dire non seulement parées, coiffées, maquillées... mais d'une propreté absolue. Je ne laisse à personne le soin, on s'en doute, de passer l'éponge de bébé imbibée de lotion hyper-hydratante Nivéa entre les cuisses de Molly Bloom, de la duchesse de Guermantes ou de Miss Blandish, afin que leur beauté ne se réduise pas, comme il arrive trop souvent, à la beauté trompeuse d'un visage... au brillant de beaux yeux que quelque impureté pourrait ternir. Tout est examiné à la loupe, et préparé avec un soin méticuleux. Si quelque amateur de lecture s'impatiente, qu'il attende !... J'y passerai tout le temps qu'il faudra !... Hé là !... Patience... Arrêtez de secouer la porte !... Vous êtes fou, ou quoi ?...

Je me réveille. Je me retrouve dans la cage. La clé s'est coincée. Le vieux flic n'arrive pas à ouvrir. Il secoue la grille. Odeur de café-lavasse. Finalement, la porte cède. « Debout, là-d'dans ! — Keskiss pass ?...

— Le café !

— Bon !

— Vous en voulez ?

— Un peu ! Mais, dites donc, vous n'arrêtez jamais, grand-père ?...

— Je fais mes douze heures deux fois par semaine, mais après j'ai droit à deux jours de repos, plus quatre de récupération, plus deux de repos exceptionnel. On se défend pas mal, au point de vue syndical, dans la police ! Le café est tout frais, mais le pain est d'avant-hier, et il n'y a plus de crédits pour le beurre. En tant que gardé à vue vous devriez n'avoir droit à rien du tout, mais l'inspecteur Mornios m'a dit de vous mettre au régime de faveur, paraît que vous êtes quelqu'un d'important. Député, peut-être ?

— Sénateur-maire.

— Je me disais aussi que vous aviez l'air assez distingué, même si vous avez le pantalon qui tombe un peu. Je vous signale qu'on vous voit les poils du ventre. Bon appétit. »

Je trempe mon pain, je bois mon café, je me recouche, je me rensomnole. Quelque temps après, quelqu'un à la grille, qui me hèle. Je me mets debout. Le Têtard.

« Bonjour.

— Bonjour.

— Vous êtes bien monsieur Barnabé Follope, détective privé, mis en garde à vue ?

— Non, je suis sa mère.

— Si vous êtes sa mère, je crains que vous n'ayez des difficultés à sortir.

— Où avais-je la tête ? Oui, c'est moi.

— M. l'inspecteur principal Mornios, O.P.J., Croix de la valeur policière, me prie de vous informer qu'en raison des progrès faits par l'enquête, il a décidé de mettre fin à votre garde à vue. Veuillez me suivre. »

Il me précède dans l'entrée, on me fait repasser devant le comptoir, on me présente le panier où j'avais mis mes effets, j'empoche tout, je remets ceinture et lacets, j'ai aussitôt l'impression de renaître. Ah, le plaisir intense de sentir la ceinture qui coulisse librement dans les passants !... Le plaisir de boucler cette boucle qui donnait l'impression de ne pouvoir se fermer qu'un peu de traviole, mais qui se ferme, à l'instant, comme par enchantement ! L'extase de faire repasser ses lacets, à gauche, puis à droite, puis à gauche puis à droite, et ainsi de suite, par une multitude de petits trous, et de les nouer bien fort, du double nœud qu'on a appris à faire durant son enfance et auquel on n'a jamais été infidèle depuis !... Oui, je renais, je revis, je ressens que je suis de nouveau un homme libre ! Je signe une décharge, je sors.

Dehors, il fait beau.

Tiens, la rue Delambre !...

4

Je suis si heureux de me retrouver à l'air libre qu'au lieu de rentrer directement chez moi, je pousse un petit galop jusqu'au Raspail Vert. On est en janvier, ou en mai, ou en juillet, ou en décembre, je ne sais plus, ce que je sais c'est que je respire l'air de Paris, frais, frémissant, léger. Il est vers les dix heures, le soleil n'a pas encore montré le bout de son nez jaune, tout est d'un gris subtil, lumineux, transparent. En allant au Raspail Vert, ou en revenant, je croise sur ma route les inévitables écaillers, flics, handicapés, kiosquiers, balayeurs, encaisseurs, taxis, lycéens, jeunes-des-banlieues, Sénégalais, plombiers, employés E.D.F., académiciens, préposés, sopranos, R'mistes, nouveaux philosophes, chômeurs, pompes-funèbres, boulangers-pâtissiers, sang-contaminés, diplomates, supporters du PSG, minables, sapeurs-pompiers, soudards, diseuses de bonne aventure, mémères à chiens-chiens, modèles, al-fayeds, princesses, secouristes, sénateurs, agentsdoubles, ministresses, journalistes, Italiens, Argentins, Algériens, Coréens, Byzantins et putains sans lesquels Paris ne serait plus Paris. J'arrive chez moi. Devant la porte, un flic. Un jeune, avec le bandeau de la casquette vert, c'est-à-dire un appelé qui a choisi de faire ses six mois dans la police. Bon signe.

« Qu'est-ce que vous foutez là ? je demande.

— J'obéis. On m'a dit de me mettre devant cette porte et de ne laisser entrer personne, sauf le propriétaire.

— Il est où, le propriétaire ?

— En prison.

— À la Santé ?

— Non, juste en face. En garde à vue.

— Et pourquoi a-t-on peur que quelqu'un d'autre cherche à entrer ?

— Parce que la porte ne ferme plus. La serrure est cassée. Il y a eu un cambriolage.

— Quand ?

— Cette nuit.

— Le propriétaire, c'est moi. "Barnabé Follope, Détective privé, Ancien libraire." » Je sors ma carte professionnelle, et je la lui mets sous le nez.

« Ah, c'est vous, le privé ! Je ne l'aurais pas cru. Je croyais que c'était un jeune.

— C'est un vieux.

— Et salement amoché, en plus ! Vous êtes rentré dans un char d'assaut ?

— Dans un flic.

— Imprudent ! Les flics, vaut toujours mieux passer derrière que devant. Entrez donc. »

Il me salue, la main à la casquette, tourne les talons et traverse en direction du commissariat.

Je pousse la porte. Désastre. On a tout fouillé, tout mis par terre. Je monte à l'appart. Kif-kif. On n'a rien cassé, apparemment, mais tout salopé. Cerise sur le gâteau : dans la salle de bains, scotché sur la glace, un billet S.N.C.F., je le regarde d'un peu près, un Bordeaux-Paris-Montparnasse, bien sûr, aller simple. Je redescends, je trouve dans le fatras répandu sur le sol une enveloppe longue, je remonte, j'y fais glisser le ticket sans y toucher. Peut-être y a-t-il encore des empreintes. Je ne vois pas trop ce qu'on a pu venir chercher chez moi : Mais si, bien sûr... la lettre initiale... parfumée au jasmin, because l'écriture de la Voix qui est sans doute à l'origine du massacre !... On ne risquait pas de la trouver, je l'avais sur moi, dans mon portefeuille !... Je décide de la porter à l'inspecteur principal Mornios, avec le ticket de chemin de fer. Si les deux empreintes coïncident, ça sera déjà un premier pas. Mais d'abord, ma porte ! Je téléphone au serrurier qui habite à cent mètres, dans la rue, pour qu'il vienne remplacer ma serrure. C'est lui-même qui l'avait posée. Il m'envoie un de ses compagnons qui répare le mal en vingt minutes. Je referme à clé, me donnant le reste de la journée pour remettre mon bureau et mon appart en ordre, et je traverse en direction de l'antenne de police.

Je n'ai pas même à entrer. Sur le pas de la porte, j'aperçois les deux inspecteurs. Ils bavardent avec une grande fille en minijupe, qui me tourne le dos, et qui a un petit dossier sous le bras. Le soleil de onze heures fait briller ses guibolles fuselées, et quoiqu'elle soit en talons plats, je me dis qu'elle n'a pas été trop mal traitée par la nature.

J'approche. La fille s'écarte d'un pas et me fait face. L'inspecteur Le Têtard se place en retrait. L'inspecteur principal Mornios me sourit. La fille me regarde, d'un œil froid. C'est une blond-pâle, mince, le visage ascétique, les cheveux tirés, le front bombé.

« Voici justement notre ami le détective privé dont nous étions en train de parler, lui dit Mornios, M. Barnabé Follope, ancien libraire. » Et à moi : « Mme Eva Delavant, juge d'instruction. »

Je m'incline un peu, histoire de pouvoir bien mater par-devant ce que je viens de bien mater par-derrière. Je ne tiens pas à m'étendre longuement sur le sujet, mais je dois reconnaître que, question guibolles, la ci-devante vaut le détour, vu que ses genoux se situent dans la droite ligne de ses longues cuisses minces sans aucune protubérance osseuse ou musculaire d'aucune sorte, ce qui est assez peu fréquent, et très apprécié des connaisseurs.

« Médème... je dis, genre charmeur.

— Monsieur Follope, réplique-t-elle d'un ton sec, monsieur l'inspecteur principal ici présent m'a rendu compte des raisons qui l'ont conduit à ne pas vous maintenir en garde à vue. J'approuve. Sur un plan informel, je vous prierai toutefois de ne pas quitter Paris, et plus généralement de ne faire aucun déplacement sans l'en avoir au préalable informé.

— Bien, médème ! » je dis, en lui remettant une louche d'admiration verbale, et en ne pouvant m'empêcher de jeter de nouveau un regard rapide sur ses jambes.

« Qu'est-ce que vous avez à reluquer mes jambes sans arrêt ?

— Je les trouve pas mal.

— Ce sont celles que je mets pour travailler. À la maison, j'en ai une autre paire, très vieille et très moche, mais très confortable, que je mets sitôt que je rentre chez moi. J'y suis habituée. Messieurs. »

Elle nous salue d'un signe de tête et s'éloigne à grands pas en direction du carrefour Vavin.

« Bordel de boxon de bazar ! s'écrie Le Têtard sitôt qu'elle est assez loin, des juges d'instruction comme ça je me les farcirais sur la couche d'un lépreux !

— Inspecteur Le Têtard, dit sévèrement Mornios, je vous serais obligé de bien vouloir laisser les lépreux en paix.

— Oui, mais tout de même, dit Le Têtard.

— Tout de même quoi ? demande Mornios.

— Tout de même l'amour ! dit Le Têtard. On devrait interdire aux femmes-juges d'avoir des guibolles comme celles-là. Ça corrompt l'idée de la justice !

— Vous n'avez peut-être pas tout à fait tort... concède Mornios d'un air songeur. Je ne dis pas qu'un jour ou l'autre, je n'évoquerai pas cette délicate question à une réunion du syndicat. Mais, pour l'instant, il ne s'agit pas de raviver en quoi que ce soit l'éternelle querelle justice-police. Nous avons trop besoin d'être soutenus par Mme le Juge, qu'elle ait de trop jolies jambes ou non, pour aller lui chercher des poux dans la tête. Quant à vous, poursuit-il en pointant sur moi un index plus épais que le Code pénal, vous avez entendu ce que vous a dit Mr la Juge : tâchez de ne pas vous éloigner de Paris, et tenez-vous à carreau. »

La colère me monte au nez.

« Non seulement je n'ai aucune intention de quitter Paris, mais je ne m'éloignerai pas de ce quartier tant que je n'aurai pas tiré cette affaire au clair !

— Parfait, jeune homme.

— Vous dites "parfait", mais si vous n'aviez pas été assez stupide pour me placer en garde à vue, j'aurais été chez moi la nuit dernière quand on a tenté de me cambrioler, j'aurais peut-être pu apercevoir mes visiteurs, ça aurait pu nous mettre sur une piste ! J'ai trouvé ceci collé sur le miroir de ma salle de bains en tout cas, et j'ai aussi à vous remettre la lettre et le ticket que j'avais reçus avant-hier. Si toutes les empreintes coïncident, nous aurons fait un premier pas ! »

Je lui remets la lettre et le billet Bordeaux-Paris.

« Ça m'étonnerait que les empreintes relevées sur les lieux du cambriolage coïncident avec celles que nous pourrions relever par ailleurs, dit Mornios, pour la bonne raison que c'est moi-même en personne qui vous ai rendu cette visite et qui, pour m'amuser un peu, ai scotché dans votre salle de bains ce billet ramassé par terre. Je garde le reste, je vais le faire examiner. »

Il me rend le billet. Je le déchire.

« De quel droit vous êtes-vous introduit chez moi ?

— Mme la Juge vient de me remettre un mandat de perquisition antidaté.

— Vous cherchiez quoi, d'ailleurs ?

— Le corps de la femme décapitée.

— Je l'aurais caché où ?... Dans les pages d'un livre ?...

— Pourquoi pas ?... Je me méfie des libraires en activité ou à la retraite, figurez-vous ! Les romans sont remplis de crimes plus abominables les uns que les autres, rien ne dit que les libraires, qui sont les premiers lecteurs de ces écrits, n'ont pas, plus que tous les autres, la tentation de passer à l'acte ! Vous saviez que Landru avait été commis de librairie ?

— Non.

— Je vous l'apprends. Maintenant, dégagez. Le Têtard, accompagnez monsieur, munissez-vous d'un spray de nettoyant-minute, et effacez les empreintes que j'ai dû laisser un peu partout.

— Bien, chef. »

Il rentre dans l'antenne.

Le Têtard va se munir d'un spray de nettoyant-minute et d'un rouleau de sopalin. Nous revenons à ma boutique. Je commence à remettre de l'ordre dans tout ce qui a été fichu en l'air et il commence à essuyer le dessus des meubles. À un moment donné, il s'arrête net et me dit : « Vous croyez qu'on arrêtera l'assassin ?

— On a déjà arrêté la victime, c'est un début. Je lis les journaux, figurez-vous. Il y a bien, en France, par an quatre ou cinq mille crimes dont la police n'est même pas fichue de retrouver la victime !

— Qu'est-ce qui vous prend, ami ? Vous êtes en rogne ?

— On dirait. »

5

La semaine suivante, il ne se passe rien. Je fais du porte-à-porte dans le quartier avec la photo de la décapitée, personne ne se rappelle l'avoir vue. Une fin d'après-midi, j'entre dans le café qui est situé au bas de la rue Vaneau, à vingt mètres de l'endroit où a eu lieu le crime, pour boire un demi, je tombe sur Mornios qui en boit un. Nous ne nous sommes pas vus depuis quatre jours. Nous nous parlons sans animosité. Il fait lui aussi du porte-à-porte, sans plus de résultat que moi. « C'est terriblement dur de mener des enquêtes à Paris, me dit-il. Personne ne connaît personne. Dans toutes les autres grandes villes du monde, la population se fait un devoir d'aider la police, ici, c'est le contraire ! Les gens peuvent passer trente ans à côté d'un voisin de palier sans même savoir quel est son nom, et si ce quidam se fait trucider à leur porte, eh bien que la police se démerde ! Ça ne concerne pas les citoyens !...

— C'est peut-être mieux comme ça, d'un certain point de vue, je suggère.

— Ouais, fait Mornios amer, ça finit par mettre la police sur la touche et, par ricochet, ça engraisse les détectives privés. Si un jour je me fais virer de la P.P., je sais ce qui me reste à faire.

— Ne pleurez pas, je vous prendrai comme saute-ruisseau.

— J'y compte bien. Je n'ai toujours pas compris, à propos, pourquoi cette assassine, si assassine il y a, vous a propulsé dans cette affaire !

— Moi non plus. Mais je continue à chercher, et je me demande si on ne devrait pas enquêter de plus près sur ce qui se passe, ou pourrait se passer, du côté de la gare Montparnasse, ligne du T.G.V. Paris-Bordeaux.

— Pourquoi ?

— Parce que les deux billets qu'on a trouvés, celui que la fille m'a envoyé le premier jour, puis celui qu'on a mis entre les mâchoires de la fille décapitée, étaient des billets de ce T.G.V.

— Ce sont des leurres, c'est clair comme le jour, ça n'a pour but que de nous attirer dans une mauvaise direction. Pourquoi le criminel donnerait-il volontairement à celui qui le poursuit des indices susceptibles de le faire prendre ? Ce serait suicidaire ! À mon sens, le secret de l'affaire est plutôt par ici, dans ces rues qui entourent la Grande-Chaumière. Il y a plein d'ateliers d'art plastique, dans tous ces vieux immeubles... une tradition qui remonte au siècle dernier... on y travaille d'après le modèle vivant... Ces modèles sont par définition de belles filles, et entre belles filles, les motifs de jalousie, et donc de mise à mort, ne sont pas rares !

— Vous allez fort.

— On est tombé sur une tête coupée, oui ou non ?

— Oui.

— Vous savez quelle idée m'est venue, sur la manière dont on aurait pu faire disparaître le corps après cette sorte de guillotinage ?...

— Non.

— Une idée simple. On a parlé d'ateliers d'art « plastique ». Ça veut dire quoi ? Peinture et sculpture. Pour deux ateliers de peinture, un atelier de sculpture. D'après modèle vivant, aussi ! Depuis Rodin, Maillol et avant eux, ça sexe dur dans ces lieux-là. Supposons que la belle Estelle soit modèle, le Maître se l'envoie, un beau jour une fille nouvelle se pointe, qui a le cul mieux fait...

— Celle qui m'a téléphoné...

— Exact. Le Maître décide que c'est elle... la Vénus dont il rêve... le modèle qu'il a vainement cherché toute sa vie !... Ils deviennent amants... ils tendent un traquenard à la malheureuse Estelle... et vous savez ce qu'ils font du corps ?...

— Non...

— Ils le ramènent, enroulé dans un tapis, à l'atelier, et ils le coulent dans le bronze d'une statue ! Ou dans le plâtre, c'est plus simple ! Vous visitez l'atelier, vous admirez un moulage, grandeur nature, d'après Rodin, Estelle est dedans, et vous ne vous en doutez pas ! »

Un silence. Les petits yeux de Mornios brillent de satisfaction. Je digère.

« Chapeau, je reprends. On a de l'imagination, dans la police !

— Quand il s'agit du crime, oui. Et vous savez pourquoi ?... Je vais vous l'apprendre : parce qu'on devient flic en raison de la fascination qu'on a pour le crime. Le flic combat le crime, bien sûr... Il le poursuit, le traque, le combat... mais, au fond de lui, il ne pourrait pas s'en passer. Il a besoin du crime comme de l'oxygène pour respirer... et plus les crimes sont terrifiants, mieux il respire. Le crime, c'est la vie du flic. C'est ce qui le fait jouir. C'est pourquoi je vous serai toujours reconnaissant de m'avoir mis sur le coup de cette tête coupée, monsieur Follope. Si vous le permettez, je vais continuer d'aller voir d'un peu plus près ces ateliers.

— Et moi, je vais continuer de fouiner du côté de la gare Montparnasse. Les empreintes qui figuraient sur les billets et sur la lettre n'ont rien donné ?

— Rien. Elles étaient aux trois quarts effacées. Les empreintes, vous savez... C'est la police de papa.

— Ah oui, ce qui compte, aujourd'hui, c'est l'A.D.N. !...

— Vous rigolez. Empreintes digitales, A.D.N., c'est kif-kif. Pour qu'il puisse y avoir preuve indubitable... preuve absolue... dans une enquête criminelle, il faut, ou il faudrait, que ladite preuve soit fiable à cent pour cent ! Si une telle preuve... cette preuve objective s'imposant de manière irréfutable à tous... n'est pas fiable à cent pour cent... elle est vaine... elle est nulle... elle est égale à zéro !... Elle n'a pas plus de chance d'emporter la décision d'un juge intègre qu'une bouse de vache de remporter le concours de Miss Univers. Or l'A.D.N. dont vous me parlez, pauvre amateur, tolère, de l'aveu même des Angliches qui en ont découvert le principe, un risque d'erreur d'un milliardième.

— C'est plutôt peu.

— Mais c'est trop ! L'A.D.N. n'est qu'une sorte de placebo médiatique... un moyen d'apaiser les parents des fillettes violées... de faire patienter l'opinion irritée... et d'amuser la galerie friande de voir exhumer d'anciennes idoles transformées en magma marécageux. Vous avez vu le déterrage de Montand, à la télé ?

— Non, je regardais les fosses communes du Rwanda.

— Vous l'avez donc vu, c'est du pareil au même. Qu'est-ce qui reste d'un homme, après trois ans ?

— Peu de chose.

— La police, à regret, continuera donc, jusqu'à nouvel ordre, à tenir la preuve par A.D.N. pour zéro, et les juges, comme ils le font depuis toujours, à se déterminer d'après l'intime conviction, c'est-à-dire d'après ce qui leur passe par la tête. Logique ?

— Logique. Si une pipe, qui n'est pas une pipe, n'est pas une pipe, une preuve, qui n'est pas une preuve, n'est évidemment pas une preuve.

— Bien raisonné. Vous devriez passer le concours de la magistrature, un de ces jours.

— Je compte le faire sitôt que j'aurai cinq minutes. À propos de juges, vous vous rappelez que Miss Guibolles...

— Vous voulez parler de madame la juge d'instruc je suppose ?...

— Ouais... Miss Sexy-des-Échasses... votre amie... Elle m'a défendu de sortir de Paris sans vous en informer au préalable. Est-ce que vous m'autoriseriez à faire un aller et retour en train jusqu'à Bordeaux ? Ça ne prendra pas même une demi-journée.

— Qu'est-ce que vous voulez aller foutre là-bas ?

— Humer l'ambiance. Le feeling. Voir si on ne patauge pas dans des flaques d'A.D.N. La routine.

— Allez au diable, si vous voulez ! »

6

Le lendemain matin, vers les neuf heures, je me rends à la gare Montparnasse. Depuis le crime, c'est un trajet qui m'est devenu familier. Je l'ai parcouru une bonne douzaine de fois, par divers itinéraires, sans rien découvrir de particulier. Pendant plus d'un siècle, cette gare, dite gare-des-Bretons, et alors située à l'extrémité sud de la rue de Rennes, a été l'un des grands paysages de Paris, riche en images caractéristiques : Bretons à chapeaux ronds — vive la Bretagne ! — fourmillant au sortir du bâtiment avant de se lancer dans l'immense capitale... Bretonnes bretonnantes attendant patiemment des places de bonniches, le cul sur leurs ballots, en hautes coiffes étroites de crêpe-dentelle tuyauté... Bécassine débarquant hardiment en pommettes rouges, avec son bonnet blanc, son pébroc et ses sabots... Une locomotive en provenance de Nantes, dans sa hâte d'arriver au cœur de Paris, quitta même, un beau jour, les rails... renversa les butoirs...

traversa le hall... fracassa la façade entièrement vitrée... et resta suspendue, les naseaux fumants, au-dessus du vide, sous les yeux étonnés des badauds !... Tout ça n'est plus.

La tour Montparnasse s'élève là où s'élevait l'ancienne gare, la nouvelle gare a été construite un kilomètre plus à l'ouest. Elle ne dessert plus seulement la Bretagne, mais Toulouse, Tarbes, Irun, et naturellement Bordeaux. Je prends mon billet. La gare est désormais un gigantesque quadrilatère bétonné, dont la façade donnant sur Paris est une barre de sept cents mètres de long, et qui, sur quatre ou cinq niveaux, s'étend, en direction de l'ouest, sur une distance de trois kilomètres. La foule a changé, elle aussi. Ce n'est plus la foule folklorique de naguère, c'est, à quelques détails près, la foule post-moderne, animale, anonyme, hâtive et stressée qui se presse partout... aux quatre coins du monde... sur le béton monotone de Manhattan-Grand-Central-Station, Hambourg-Hauptbanhof, Calcutta-Mouroir, ou Tokyo-Yamashuna-Hayashi-Geisha-Saké. Jeunes routards ployant sous d'énormes sacs à dos, troisième-âges tirant de lourdes valoches à roulettes, managers au galop donnant des ordres de bourse dans leur portable. Seule la saleté est bien française. Les billets T.G.V. jonchent le sol (il n'a pas été bien difficile à ceux que je recherche de se les procurer !), les détritus s'entassent dessus-dessous les poubelles scellées pour cause de plan Vigipirate. Il m'apparaît soudain que les casiers de la consigne métallique sont l'endroit idéal pour planquer le corps d'une fille décapitée. Pourquoi se donner la peine d'aller balancer les valises contenant les restes de la bien-aimée d'un pont sur la Seine, en courant le risque d'être aperçu par cent personnes, alors qu'il suffit d'aller discrètement les déposer à la consigne, sous l'œil amical du cheminot chargé de prêter main-forte aux voyageurs embarrassés ?

Je me dirige donc vers l'allée où se trouvent ces casiers. L'entrée en est condamnée par une barrière métallique derrière laquelle montent la garde un gradé de la gendarmerie, en blouson de campagne, noir, sans col, et deux fiontrous massifs, en tenue camouflée, le doigt sur la détente de la pétoire dite « Le Clairon », laquelle est retenue à leur épaule par une chaînette d'acier, des fois qu'on voudrait la leur piquer.

« Pardon, mon capitaine, puis-je vous demander un renseignement ? » dis-je au gradé.

Le pandore salue, main au képi, et me répond : « Je ne suis pas capitaine, monsieur, mais adjudant-chef. Pour les renseignements, veuillez vous adresser au guichet Accueil en face de la ligne 15.

— Excusez-moi, mon adjudant-chef, mais il ne s'agit pas d'un renseignement relatif au trafic. Il s'agit d'un renseignement relatif aux casiers de consigne automatique, dont vous-même et ces vaillants militaires paraissez interdire l'accès.

— L'entrée de la consigne automatique est interdite en raison du plan Vigipirate mis en place pour prévenir les attentats terroristes.

— Par conséquent, si j'avais l'intention de déposer dans l'un de ces casiers le corps de ma petite amie après l'avoir décapitée, je ne pourrais pas le faire ?

— Non, car l'interdiction en cours ne souffre aucune exception. Maintenant, dégagez en vitesse où je vous fais coffrer pour outrage à magistrat. En tant que gradé de la gendarmerie, je suis officier de police judiciaire, ce qui fait que les conneries qu'on peut débiter à mon encontre sont des outrages sévèrement réprimés par la loi.

— Merci, mon adjudant-chef. »

Je dégage. J'entends l'un des soldats demander au gradé : « Il voulait quoi, ce vieux ?... Dépecer sa pute ?... — Qu'est-ce que j'en sais ?... répond le gradé. La moitié des Parisiens sont fêlés... Il faut s'attendre à tout, ici... Vivement qu'on revienne à Saint-Flour !... » Je n'entends pas la suite. J'aurai toujours appris, moi, qu'Estelle n'attend pas, décapitée, dans les casiers de la consigne automatique. Je suis content pour elle. Ça ne doit pas être très marrant d'attendre là ! Je me demande si, dans un cas comme ça, le corps décapité regrette la tête, comme la tête décapitée regrette évidemment le corps — surtout lorsqu'il s'agit d'une jolie fille !... Raisonnablement non, puisque le siège des regrets se trouve dans la tête... mais qui sait s'il n'y a pas dans le corps une pensée diffuse... des sentiments diffus... une mémoire diffuse... qui lui feraient amèrement regretter la tête disparue... s'il arrive que cette tête lui soit arrachée prématurément !... J'ai l'impression qu'alors, du cou aux orteils, sortent, par tous les pores, des gouttes d'un liquide blanc, glaireux et salé, qui sont les larmes que verse le corps à l'idée qu'il vient d'être séparé de la tête... cette vieille connaissance... cette amie de toujours... avec laquelle il se voyait bien ne faire qu'un jusqu'à la fin !...

Je me retrouve sous le tableau où l'on affiche les départs. Mon train ne part que dans une demi-heure. Je me sens des fourmis dans les jambes et je vais marcher le long des quais. Je longe un T.G.V. bleu marine et gris clair qui doit faire deux bons kilomètres. Au-delà des quais, l'aménagement de la zone ferroviaire se poursuit sans discontinuer. L'horizon est bouché par un entassement de pelleteuses, bétonneuses, fouisseuses, défonceuses, machines à air comprimé taguées au point qu'elles n'ont pas un centimètre carré de net ! Au-delà s'alignent des baraquements de tôle ondulée évidemment destinés aux ouvriers qui s'activent sur le chantier. Quelques-uns traversent, en bleu de travail, certains tenant leur gamelle à la main. On ne peut s'empêcher d'être frappé par le contraste qu'il y a entre les douze ou quinze T.G.V. futuristes en instance de départ, et ces baraquements miteux, ces ouvriers pauvrement vêtus qui semblent encore appartenir au monde de Zola.

On annonce mon train, je monte. En trois heures à peine, je suis rendu. Bordeaux est lugubre. La ville, on le sait, est devenue une sorte de cimetière pour les hommes politiques rejetés par les Français. Chaban. Juppé. On y arrive en ambulance et on n'en sort jamais plus. Midi. Je vais à pied de la gare au centre, environ cinquante minutes de marche, traversant des quartiers grisâtres. La plupart des maisons sont sans étage. Le patron d'un bistrot me dit qu'on les appelle des « échoppes ». Le centre compte deux ou trois bâtiments majestueux. Mais une horrible impression d'ennui pèse dessus. Je reviens vers la gare par les quais qui évoquent assez bien un champ de ruines. Hangars à l'abandon, hautes grues rouillées sous lesquelles ne passe plus un seul bateau. Une exception toutefois ! Au débouché de la voie piétonne qui passe sous l'antique pont de pierre, je tombe sur un lourd engin de démolition qui, pareil à un robot, est en train de détruire un hangar. À quelques mètres, une bétonneuse attend. Je ne peux m'empêcher de constater que ces engins ne sont pas tagués de pied en cap, comme à Paris. Ils sont peints de couleur jaune et noire et portent sur les flancs trois lettres majuscules, B.S.O. Je m'arrête un instant, fasciné par le travail du robot. Au-dessus de la cabine du conducteur est une flèche qui balance à huit ou dix mètres de haut une chaîne au bout de laquelle est fixée une énorme boule de pierre que, toutes les dix secondes, le robot expédie sur le hangar dont les murs, peu à peu, s'effondrent sous le choc. Le bruit est infernal mais j'ai l'impression que cette plongée dans un autre monde me fait du bien. Je longe la Garonne jusqu'au nouveau pont qu'on a construit à quelques centaines de mètres de la gare. Le fleuve, très large, gris et plat, semble absolument immobile. Au-dessus de lui stagnent, ailes déployées, de grandes mouettes, aussi immobiles que lui.

À quinze heures, je reprends le train pour Paris. À dix-huit heures trente, je suis chez moi. J'ouvre ma boîte aux lettres. Lettres, factures, pubs... et, dans le tas, un nouveau billet Bordeaux-Paris, sur lequel on a tracé au feutre noir ces mots : « Alors, l'enquête se poursuit ? » Au point où j'en suis, ce message ne me fait ni chaud ni froid. On me surveille, voilà tout. Avant d'aller dîner je vais déposer le billet à l'antenne de police. Le lendemain matin, onze heures, Le Têtard me le rapporte : aucune empreinte. Je m'en doutais. « Où en est l'inspecteur principal ?

— Au point zéro. Il a eu la preuve que certains ateliers de dessin d'après modèles vivants étaient en fait des salons de massage, mais il s'en doutait depuis longtemps.

— Il ne va pas renoncer, j'espère ?

— Au contraire, il veut absolument dénouer cette affaire, et souhaite en parler de nouveau avec vous. Il vous invite à déjeuner. »

7

L'inspecteur principal Mornios, qui ressemble à un poulpe, adore les poulpes, et pendant qu'il dévore avec gourmandise des *calamares en su tinta* au bistrot du Dôme, je m'aperçois que sa petite bouche, que j'avais d'abord comparée à une pièce de dix francs, ressemble, en réalité, à la gueule circulaire et méchante d'un poulpe. De voir cette pâle gueule de poulpe, avec ses gros yeux en anus de poulpe, manger des poulpes avec cette bouche de poulpe, finit par m'ôter l'envie de manger des poulpes. Je repousse mon assiette à peine entamée, j'appelle le garçon et je lui demande si je ne peux pas avoir une choucroute.

« Non, monsieur, c'est un restaurant de poisson ici, nous ne servons que des crustacés et du poisson.

— Quel poisson pouvez-vous me proposer qui ressemble le moins à un poisson ?

— De la morue en brandade. C'est du poisson, mais ça ne ressemble pas du tout à un poisson.

— Une brandade.

— Tout de suite, monsieur. »

Le garçon met sa main sur mon assiette pour l'enlever, mais Mornios pose sa propre main sur le poignet du garçon, l'obligeant à lâcher l'assiette qu'il fait glisser à côté de la mienne.

« Avec votre permission, je mangerai vos poulpes pour dessert, me dit-il.

— Je vais vous les faire réchauffer, dit le garçon.

— Laissez, je les aime aussi bien froids que chauds.

— Comme vous voulez, dit le garçon.

— Vous savez ce qui est encore plus froid qu'un derrière de poulpe ? demande Mornios.

— Non, dit le garçon.

— L'œil de la justice, dit Mornios.

— On apprend tous les jours », dit le garçon.

Il repart vers le fond de la salle en criant : « Et une brandade pour le dix-sept, une ! »

« J'adore les poulpes, dit Mornios.

— Ça se voit.

— Ça vous dégoûte ?

— Un peu. Vous ressemblez à un poulpe, vous aimez les poulpes, vous mangez des poulpes, vous parlez des poulpes, il va bien falloir que je m'y fasse. »

Il rit poulpement, on m'apporte ma brandade, nous continuons de manger en silence. Au dessert, je me fais donner une crème anglaise pendant qu'il avale avec gourmandise mes poulpes froids.

Quand ces poulpes dégringolent dans sa gorge, ça fait une sorte de gargouillis très doux. Quelque chose déclique dans ma tête et ça doit se voir à mes yeux parce que Mornios me dit soudain : « Pourquoi me regardez-vous comme ça ?

— J'écoute le bruit que font les poulpes en dégringolant dans votre gorge.

— Et alors ?

— C'est un bruit très doux.

— Et alors ?

— Ça me donne à penser qu'au lieu d'être flic vous auriez pu passer votre vie en avalant des poulpes dans une chorale. Vous vous seriez fondu dans les mezzo-soprano car vous émettez, sans même le vouloir, une sorte de son très recherché.

— Et alors ?...

— Et alors, nom de Dieu, je sais de quel côté nous devons nous orienter, dans cette enquête, et je n'arrive pas à comprendre comment nous n'y avons pas pensé plus tôt !... Écoutez-moi bien...

— Je n'écoute rien, dit Mornios. Si vous avez à dire quelque chose qui ait directement trait à l'enquête, il faut que Le Têtard soit avec nous. Il n'a aucune imagination, et il est donc souvent de bon conseil ! Il nous aide à garder les pieds par terre. »

Nous sommes revenus à l'antenne de police. Nous prenons le café dans le bureau de Mornios, dans une ambiance détendue, et dans des gobelets en carton.

« M. Follope a une illumination, dit Mornios.

— Nous sommes tout ouïe, dit Le Têtard.

— Bien, je dis. On repart à zéro. La femme qui m'a téléphoné, le premier jour, a une voix extraordinairement sensuelle. Supposons qu'elle ait besoin d'argent — et quelle femme n'en a pas besoin ? Qu'est-ce qu'elle pourrait faire, dans la vie ?

— Elle serait chanteuse d'opéra, dit Le Têtard.

— Froid. Pour l'opéra, il ne faut pas des voix comme ça.

— Elle serait animatrice de radio, dit Mornios.

— Chaud.

— Elle ferait du doublage de films pornos, dit Le Têtard.

— Brûlant.

— Elle travaillerait au téléphone rose, dit Mornios.

— Gagné. Elle travaillerait au téléphone rose ! »

Un frisson de triomphe nous parcourt. Mornios se dresse et, du plat de la main, donne une grande tape sur le crâne du Têtard.

« Le Têtard, vieux cheval, mon intuition ne m'a jamais trompé ! Nous venons de mettre dans le mille », dit-il.

Il se rassoit.

« Messeigneurs, il y a une chose que je ne vous ai jamais dite, j'enchaîne.

— Vous avez dissimulé des éléments utiles à l'enquête ! rugit Mornios.

— Non, cela n'avait rien à voir avec l'enquête, au moment du moins où l'affaire commençait.

— Ah bon.

— Mais au point où nous en sommes arrivés, c'est-à-dire au point zéro, ce peut être un indice intéressant.

— Allez-y, fils.

— Ce que je ne vous ai pas rapporté, pensant qu'il s'agissait d'une relation purement personnelle, entre cette cliente et moi... je vous rappelle que nous sommes au premier jour... cette Estelle, ou soi-disant Estelle, a déposé sa lettre dans ma boîte en début d'après-midi... j'ai lu cette lettre vers les dix-sept heures... cette fille m'a téléphoné... j'ai dîné en ville, j'ai été au cinéma, je suis rentré chez moi... il est près de minuit...

— Vous vous remettez tout ça dans la tête, Le Têtard ? interrompt Mornios.

— Oui, chef.

— Poursuivez, dit Mornios.

— Eh bien, ce que je ne vous ai jamais dit, c'est qu'à cette heure tardive la fille m'a téléphoné, et qu'elle voulait que je fasse l'amour avec elle au téléphone.

— Et vous l'avez fait, bien sûr, dit Mornios.

— Et précisément je ne l'ai pas fait, parce que j'aurais préféré le faire en vrai.

— Vous avez peut-être eu tort, dit Mornios, parce qu'elle a peut-être une jolie voix mais qu'elle est moche.

— Je l'ai pensé. Mais, comme je vous l'ai dit dès le début, sa voix n'est pas seulement une voix hypersexy, c'est une voix juvénile. Sur ce point-là, impossible de tricher. Et pour moi, une fille jeune n'est jamais moche.

— Je ne vous croyais pas si vieux que ça ! dit Mornios.

— Bref, en me remémorant toute l'histoire, que je ne cesse pas de ruminer, je me suis dit que cette proposition, assez inattendue, qui avait sans doute pour but premier de me faire marcher, pouvait être aussi le fait d'une habitude professionnelle... une sorte de réflexe... plus fort que tout... et c'est ce qui m'a fait penser qu'on devrait un peu chercher du côté du téléphone rose... même à l'aveuglette... pour voir où ça nous conduirait.

— De toute façon, on n'a pour l'instant aucune autre piste, concède Mornios.

— Je suis souvent tenté d'appeler un numéro du téléphone rose lorsque ma femme n'est pas à la maison, dit Le Têtard, mais je n'ai jamais osé.

— Pourquoi ? demande Mornios.

— Je ne sais pas.

— Je vais vous le dire, moi. Vous avez tellement peur des femmes, que vous avez même peur d'entendre leur voix au téléphone !

— Possible.

— Certain.

— Ça n'a pas une grande importance, je dis. La seule chose qui compte pour nous, désormais, c'est de passer à l'action.

— Action, c'est un mot facile à dire, remarque Mornios. L'ennui, c'est que le téléphone rose, ce n'est pas seulement un numéro de téléphone, avec une grosse dame en string qui répond, assise derrière un petit bureau. C'est tout un commerce... qu'est-ce que je raconte ?... c'est une industrie qui emploie à Paris des centaines de personnes... des milliers peut-être... et où, soit dit en passant, le chômage est inconnu !...

— Un peu comme dans la police, quoi, dit Le Têtard.

— Le Têtard, encore une remarque de ce genre, et je vous fais fusiller, dit Mornios.

— Je plaisantais, chef.

— Vous devriez être assez ancien dans le métier pour savoir que les plaisanteries sur la police n'ont jamais fait rire la police.

— Tiens, c'est vrai !

— Puisque nous parlons de la police, j'interviens, elle a bien dû établir des rapports sur la question !

— Mais où ai-je la tête ?... dit Mornios. Justement, ces jours-ci, les Renseignements Généraux nous ont fait parvenir pour information une enquête tout ce qu'il y a d'exhaustif sur le téléphone rose ! Ils en préparent une autre, de la même farine, sur le Minitel. Allez la chercher, Le Têtard, elle est dans le classeur du secrétariat.

— Mais, chef, je croyais que c'était un dossier classé "Secret-Défense" !

— Pas du tout. Ce sont seulement les écoutes des journalistes par l'Élysée qui sont qualifiées "Secret-Défense". Ici, il ne s'agit pas de journalistes. Le dossier peut donc être communiqué.

— Bien, chef. »

Le Têtard revient avec le dossier qui est un pavé de quatre cents pages, dont cent pages de tableaux, graphiques et annexes diverses... un de ces monuments qui prouvent que la police française, sitôt qu'il s'agit d'écouter les autres, est bien la première du monde. Ce somptueux rapport a d'ailleurs été élaboré sous la direction de l'un des anciens responsables de la cellule antiterroriste de l'Élysée — c'est tout dire !

Comme il est aussi clair qu'il est complet, nous y trouvons en quelques minutes absolument tout ce que nous voulons savoir. Au 1er juin 1997, date du rapport, il n'y a pas moins de 154 officines de téléphone rose en activité dans Paris intra-muros. La plus petite emploie 3 animatrices, la plus importante, 27. On dénombre au total, sur Paris, 1 157 animatrices, soit en moyenne 7 par officine. Elles assurent entre 10 et 12 000 communications par jour. Le coût de ces communications s'établit entre 150 et plusieurs centaines de milliers de francs, selon les fantasmes et les disponibilités financières des correspondants, mais diverses études statistiques permettent de les chiffrer en moyenne à 350 francs. Sur ces bases, l'industrie du téléphone rose — ces données permettent de dire, en effet, qu'il s'agit d'une véritable industrie ! — représente un chiffre d'affaires quotidien d'environ 3 850 000 francs, mensuel d'environ 115 500 000 francs, annuel d'environ 1,386 milliard de francs. Mornios m'assène les chiffres.

« Vous parlez en anciens francs ou en nouveaux francs ? demande Le Têtard, qui suit les choses de près.

— En francs lourds ! dit Mornios. Mettez-vous ça dans la tête, camarade. Chiffre d'affaires du téléphone rose, près d'un milliard et demi de francs lourds ! Et nous ne parlons que de Paris !

— Mais c'est exact, il reste la France ! dit Le Têtard.

— La France qui se masturbe de manière ininterrompue ! dit Mornios.

— C'est pour ça qu'il y a partout ces grandes affiches ! dit Le Têtard.

— "Osez le Réseau" ! dit Mornios.

— Sans parler de toutes ces pubs dans la presse ! dit Le Têtard.

— “08 08 08 801 69 69 69, conversations brûlantes avec femmes libérées” ! dit Mornios.

— On ne peut pas complètement mépriser un pays qui se masturbe à ce point ! dit Le Têtard.

— Affirmatif, dit Mornios.

— Je me demande combien 135 milliards d'anciens francs font d'euros, dit Le Têtard.

— Douze millions et demi d'euros, dit Mornios.

— Ça fait beaucoup, dit Le Têtard.

— La question n'est pas de savoir si ça fait beaucoup ou non, dit Mornios, mais elle est de savoir si notre ami le détective privé, ici présent, se sent de taille à écouter les mille animatrices en activité à Paris jusqu'à ce qu'il retrouve la voix qui semble avoir tout déclenché. » Tourné vers moi, il ajoute : « Dans une affaire aussi saignante, la juge ne nous refusera pas les écoutes. Nous nous ferons donc apporter quotidiennement les bandes... vous vous installerez ici dans un bureau... et vous les écouterez jusqu'à ce que vous ayez identifié la femme qui vous a téléphoné. D'accord ?...

— D'accord sur le principe, je réplique, mais pas sur la pratique. Ce serait chercher une aiguille dans une botte de foin... Je ne peux pas me mettre à écouter dix ou douze mille conversations par jour ! Ma vie n'y suffirait pas.

— Je ne vois pas comment, alors...

— Mais si ! Cette affaire s'est nouée dans notre quartier. Je ne peux pas écouter les communications roses de tout Paris, mais je puis écouter celles qui sont assurées par les officines situées à Montparnasse, s'il y en a.

— Annexe 13. Localisation du téléphone par arrondissement », dit Mornios.

Nous consultons l'annexe 13, ainsi que les plans qui y sont joints. La plupart des officines « téléphone rose » sont regroupées au centre de Paris, puis le long d'un axe Halles-Saint-Lazare-Pigalle qui recoupe, à l'évidence, les principales zones de prostitution. Elles sont nombreuses, aussi, dans le secteur XIIe-Bastille-Bois de Vincennes, et plus nombreuses encore dans le secteur Neuilly-Auteuil-Passy-Bois de Boulogne-Avenue Foch. Bizarrement, elles sont assez rares dans les quartiers Montmartre et Montparnasse qui, prostitutionnellement parlant, n'ont plus leur éclat de naguère. Dans le secteur précis qui nous intéresse : carrefour Vavin-Denfert-Gaîté-gare Montparnasse, il n'y a que sept officines roses, n'employant pas plus de trente animatrices. Trente animatrices à écouter... de trois cents à six cents conversations quotidiennes à surprendre... c'est assurément un travail de bénédictin... mais c'est un travail auquel je me sens la force de m'atteler !

En vingt-quatre heures, Mornios obtient l'autorisation de placer ces dames sur écoutes ; tous les matins, à neuf heures pile, un motard nous apporte les bandes enregistrées de la veille ; je m'installe à l'antenne de police, et je passe huit jours, à raison de dix heures par jour, à écouter ces confidences, amusantes si on les considère une à une, effrayantes si on les prend dans leur ensemble : tous les hommes expriment à peu près les mêmes désirs, toutes les femmes y répondent à peu près par les mêmes mots, toutes les voix diffèrent, toutes les pensées sont semblables, les rires, les soupirs, les râles se confondent, il semble qu'on se trouve devant un immense peuple de fourmis qui n'arrêteraient pas de forniquer. Au soir du huitième jour, je n'en peux plus, mais je dois me rendre à l'évidence... Je n'ai pas entendu la Voix. Je vais dans le bureau de Mornios, je le lui dis.

« Vous êtes bien sûr de ce que vous affirmez ? me demande-t-il.

— Absolument sûr.

— Dans ce cas, il n'y a plus qu'à laisser tomber.

— Non ! Car j'ai découvert autre chose. De nombreuses animatrices ne se contentent pas de converser, elles acceptent des rendez-vous. Elles semblent branchées, en sous-main, avec d'autres femmes et des hommes... je suis à peu près sûr que le téléphone rose couvre toutes sortes de trafics. Vraisemblablement, le crime dont nous nous occupons n'a pas été commis par une femme seule. Il a fallu un homme, ou des hommes, pour découper la tête, pour faire disparaître le corps... Puisque nous n'avons malheureusement aucune autre piste, je suggère qu'on continue à exploiter celle-ci.

— Mais comment puisque toutes ces écoutes n'ont rien donné ?

— En nous arrangeant pour avoir quelqu'un dans la place.

— Vous comptez soudoyer l'une des animatrices ?...

— Trop risqué. Mais j'aimerais qu'il y ait, parmi elles, une fille qui soit entièrement à nous. D'après ce que je sais, les téléphones roses sont toujours en quête de voix nouvelles, car leurs clients sont toujours en quête de nouvelles émotions. Les officines sont donc appelées à renouveler régulièrement les animatrices, un peu comme on renouvelait les filles dans les bordels. À cet effet, elles passent sans arrêt des annonces dans les journaux gratuits, si répandus aujourd'hui dans la capitale. Surveillons ces annonces, et la première fois que la principale agence de Montparnasse recrutera, débrouillons-nous pour y présenter une jeune femme, en espérant qu'elle sera retenue ! »

Mornios frappe du poing sur la table.

« J'ai la candidate ! Je sais qui !

— Céline Dion ? Organe sexy, of course !

— Irène Beaumont. Une jolie fille qui est assistante de police à la Direction du personnel. Elle s'ennuie à mourir dans les bureaux. Elle m'a confié plusieurs fois qu'elle aimerait recevoir une affectation où sa vie serait un peu plus active, et je lui ai promis que si l'occasion se présentait... En plus, elle a une voix vraiment langoureuse. C'est tout à fait la personne qu'il nous faut !

— Vous aurez à lui dire, quand même, qu'il ne s'agit pas d'une mission de tout repos ! D'abord, si elle est retenue, elle devra se comporter comme une véritable animatrice de téléphone rose... ce qui peut ne pas forcément lui plaire... ensuite, si nous avons vu juste, et qu'elle nous aide à débusquer des criminels, elle pourrait courir de grands dangers...

— Elle n'a pas froid aux yeux... elle a du caractère... elle aime le risque... je suis sûr qu'elle sera d'accord.

— Dans ce cas, je vous laisse faire.

— Son supérieur direct est un camarade de promotion. Je l'appelle illico. Tel que je le connais, dans les trois jours nous serons prêts à fonctionner. »

8

La semaine suivante, Mornios passe me voir et m'annonce que l'affaire est réglée. L'assistante de police Irène Beaumont est mise pour six mois à la disposition de l'antenne de la rue Delambre. Le service « vrais-faux documents » de la P.P. lui a aussitôt confectionné de faux C.V. qu'elle pourra montrer à d'éventuels employeurs. Sur ces vrais documents, son nom est devenu Isabelle Berliet et il est entendu que nous ne l'appellerons plus qu'ainsi. Elle a trente ans. Elle est censée travailler depuis cinq ou six ans en qualité d'aide maternelle à la crèche municipale du VIe, rue de Vaugirard.

« J'ai hâte de la voir, dis-je à Mornios. Quand est-ce que vous me la présenterez ?

— Mais il faut nous garder de la voir, de près ou de loin ! réplique Mornios. La voir, ce serait la brûler.

— Je ne suis pas de votre avis, dis-je après réflexion. Que vous, ou Le Têtard, ne la voyiez pas, j'en suis d'accord, car ça pourrait donner à penser qu'elle appartient à la police. Mais moi ?... La Voix et ses complices se doutent bien que je ne vais pas rester inactif. Ils doivent imaginer qu'après tout ce qui s'est passé, j'ai dû finir par apporter mon concours à la police, mais sachant que je suis avant tout détective privé, ils s'attendent, aussi, à ce que je continue à enquêter de mon côté. Or, qu'est-ce que nous voulons ?... Donner un coup de pied dans la fourmilière... quitte à donner ce coup de pied un peu au hasard ! Je pense donc que si j'allais, deux ou trois fois, boire un verre avec cette fille au Raspail Vert, où je sais que la Voix m'a vu plusieurs fois, ça ne passerait pas inaperçu, et ça pourrait provoquer, de la part de nos amis, une réaction qui pourrait nous donner du grain à moudre. Parce que, pour l'instant, tout ce que nous avons à moudre, c'est du vent.

— Et tant pis pour cette vraie-fausse animatrice de téléphone rose, si ça lui fait courir un certain risque ! dit Le Têtard.

— Tant pis. On ne fait pas d'omelette sans casser des œufs, dit Mornios. »

Le lendemain de ce jour-là, un peu avant dix-sept heures, j'attends à la terrasse du Raspail Vert. Je suis à cran. J'aimerais bien savoir comment les choses vont tourner, mais elles sont loin de toutes dépendre de moi... Je commande un double

Monaco qui m'apaise un peu, j'en commande un second, et je vois sortir du métro, et se diriger d'un pas décidé vers le café, celle avec qui j'ai rendez-vous. Arrivée devant la terrasse, elle inspecte les clients d'un œil rapide, puis se dirige vers moi sans hésiter. Je me mets debout.

« Monsieur Barnabé Follope, je présume ? »

Je voudrais bien répondre, mais je suis pris d'un tremblement. Pendant dix secondes, j'hallucine. La Voix !... La voix de cette fille n'est pas à 100 % la voix que j'ai entendue et qui a bouleversé ma vie dès le premier jour, mais presque !... Un rien moins voilée... un rien plus rauque... ce serait elle !... Je dois donner l'impression de chercher à reprendre mes esprits, car la fille répète :

« Monsieur Barnabé Follope, n'est-ce pas ?... »

Elle me tend la main, je serre cette main, nous nous asseyons.

« Excusez-moi, mais votre voix m'a causé un tel choc que j'ai failli en perdre les pédales !

— Ah, ma fameuse voix... dit-elle en riant doucement. (J'ai l'impression d'entendre Marlene Dietrich se gargariser avec de la crème fouettée.) Notre ami commun, l'inspecteur Mornios, m'a parlé de ça...

— Et il n'a pas eu tort, mademoiselle Irène...

— Isabelle Berliet !... N'oubliez pas !

— Isabelle, pardon.

— C'est quoi ce grand verre de couleur inquiétante ?

— Un double Monaco. Bière plus grenadine. Vous voulez en tâter ?

— Non, un café plutôt. »

Je commande un café, nous commençons à bavarder. C'est une grande fille carrée, dans la trentaine, habillée moderne, jeans-blouson, figure anguleuse, pas bien jolie c'est vrai, cheveux courts, bruns méchés, mais de grands yeux vivants, les mains soignées... et quelle voix !... Elle me dit aussitôt qu'elle est ravie de se lancer dans cette aventure, elle en a marre de la routine des bureaux. Mornios l'a bien décrite. Elle a du caractère, elle a le goût du risque et elle n'a pas froid aux yeux. Je ne lui cache pas que nous la lançons à l'aveuglette dans un milieu dont nous ne connaissons à peu près rien. Peut-être faisons-nous une erreur totale et peut-être l'officine du téléphone rose ne se révèlera pas plus redoutable qu'un loukoum sucé par Barbara Cartland à l'heure du thé, mais peut-être, au contraire, va-t-elle courir de grands dangers. De toute façon, elle n'a pas peur. Elle se tiendra toujours sur ses gardes, elle a une bombe paralysante dans son sac, et elle a fait du karaté.

Nous nous voyons cinq jours de suite au Raspail Vert. Deux fois, sur ces cinq fois, elle vient bavarder dans ma boutique. Chaque fois, après m'avoir quitté, elle fait un tour dans les parages. Comme beaucoup de filles un peu moches, qui n'ont pas peur de se faire draguer sitôt qu'elles adressent la parole à quelqu'un, elle a le contact facile. Sous un prétexte ou sous un autre, elle se débrouille pour faire bla-bla avec toutes sortes de gens, flics du carrefour, moniteur des handicapés, pin-up de la Fondation Cartier, kiosquier du carrefour Vavin, écailler du Dôme, etc. L'écailler, dont l'étal est situé en plein vent, rue Delambre, à vingt mètres de chez moi, lui demande si elle ne serait pas la nouvelle assistante de M. Follope, car le bruit court dans le quartier que ce vieux fou, Dieu sait pourquoi, s'en serait procuré une. Elle répond en riant que non, et que même si c'était vrai elle ne le lui dirait pas. Elle me raconte ça, rentrée chez elle, au téléphone, et je le raconte à Mornios. Tout comme moi, il trouve ça très bon. Les assassins, s'ils sont aux aguets, ce que je crois, doivent se dire que je mijote quelque chose.

Chaque jour, nous épluchons la presse gratuite et relevons les annonces demandant des animatrices. Le XIVe a son propre journal, *Le 14*, paraissant tous les mercredis, et tirant, à l'en croire, à cent cinquante mille exemplaires. C'est là que, le second mercredi après l'entrée en jeu d'Isabelle, paraît l'annonce tellement attendue !

« DIALOGUES BRÛLANTS »
Sté Relations par téléphone
RECRUTE ANIMATRICES
Secteur Montparnasse
Excellent salaire — Avantages sociaux

À neuf heures, je lis l'annonce, à neuf heures cinq j'en donne lecture à Isabelle, à dix heures elle téléphone à l'officine, à onze heures elle est convoquée pour un entretien, à midi elle est engagée. Elle m'en prévient aussitôt. Le siège de cette officine est situé boulevard Montparnasse, à l'angle de la rue Campagne-Première à trois cents mètres à peine de l'endroit où le crime a été commis.

On dirait vraiment que le lieu géométrique de toute l'affaire est le carrefour Raspail-Montparnasse où est justement édifiée la statue de Balzac par Rodin !... Le grand écrivain, en robe de chambre, le corps déjeté, la tête renversée en arrière, semble regarder de haut... et en oblique... tout ce qui se passe à ses pieds... passions... drames... crimes... qui exsudent des rues de Paris... qui entrent en lui par la plante des pieds... qui remonte son corps agité de tics... et qui vont exploser dans sa tête !... Avide de réalité comme il l'était, il se serait sûrement penché sur les histoires de téléphone rose, le cher homme... il l'aurait même vraisemblablement utilisé !... « Allô, l'Agence Comédie Humaine ?... ici, Honoré... »

9

Notre audacieuse commence son travail le lendemain. L'officine travaille vingt-quatre heures sur vingt-quatre, mais les animatrices ne travaillent que quatre heures par jour — quatre heures de rang — l'expérience prouvant qu'après ces quatre heures elles manquent de fraîcheur. Pour sa première semaine, Isabelle se voit affecter la tranche quatorze heures-dix-huit heures. Nous sommes convenus qu'elle m'appellerait chaque soir en rentrant de son travail. Mais la soirée avance sans qu'elle l'ait fait, et vers vingt-deux heures, je commence à m'inquiéter sérieusement. Enfin, le téléphone.

« Monsieur Follope ?

— Ah, c'est vous ! Il me tardait d'avoir de vos nouvelles !

— Tout va bien !

— Oui, mais j'attendais votre appel en fin d'après-midi. Ça s'est bien passé, ce premier jour ?...

— Eh bien, pas mal du tout, figurez-vous... Les filles qui sont là sont plutôt sympathiques... le climat est détendu... on a même pas mal ri... Je me suis un peu retardée parce qu'après le travail j'ai raccompagné jusqu'au Châtelet une fille qui finissait en même temps que moi... Nous avons été manger une pizza ensemble... Elle me l'a proposé très gentiment et je n'ai pas voulu paraître me distinguer en tenant à faire bande à part... J'ai pensé que vous n'y verriez pas d'inconvénient, puisqu'il s'agit pour moi de me fondre dans le groupe...

— C'est une chose à quoi je n'avais pas pensé... Oui, à la réflexion, vous avez certainement bien fait... Je ne manquerai pas d'en informer l'inspecteur Mornios...

— Qu'il ne se fasse pas de mauvais sang... Tout me paraît très familial, ici...

— Bien sûr, bien sûr... Et avec les clients... euh... je veux dire, avec les usagers du téléphone rose, ça s'est passé comment ?...

— Eh bien... Vous avez cinq minutes ?...

— J'ai tout le temps qu'il faut.

— Eh bien, ça s'est passé beaucoup mieux que je ne l'aurais cru... Au début, j'éprouvais une certaine appréhension... et puis... sitôt que je me suis lancée... ce sentiment de crainte a disparu, comme par enchantement... et j'ai soutenu ces conversations comme si je n'avais fait que ça toute ma vie ! »

Elle a un petit rire cristallin, je m'aperçois que je serre plus fort le combiné du téléphone.

« Mais... dis-je, cherchant à formuler ma question sans la mettre mal à l'aise... il n'y a pas eu de conversations... un peu trop dégueulasses, dans le tas ?...

— Si... dit-elle d'une voix rêveuse, mais, bizarrement, ce sont des moments où j'ai le mieux joué le jeu... où il me semble que j'ai le mieux répondu !... Je vous le dis franchement... Cela m'a étonnée moi-même... et je m'étais proposé de vous en parler... si ça ne vous ennuie pas...

— Mais non... pas du tout... »

Il y a un instant, c'est ma main qui se refermait d'elle-même sur le combiné téléphonique, maintenant, c'est ma voix qui est en train de déraper. J'espère qu'Isabelle ne s'en est pas aperçue. L'idée que cette jeune fille, à qui je n'aurais pas osé faire le compliment le plus discret, a soutenu, de but en blanc, des conversations obscènes avec des inconnus, me trouble... Je reste interdit quelques secondes...

« Allô ! dit-on vivement au bout du fil. Vous m'entendez ?... Vous êtes toujours là, monsieur Follope ?... »

J'ai un frisson... je sors de ma torpeur... cette voix... cette phrase me sont comme un coup de poignard dans le cœur. Je me souviens ! C'est à peu près la même phrase, et c'est presque la même voix, qu'au premier jour... la nuit... lorsque j'étais revenu du Raspail Vert... et que ma correspondante inconnue avait essayé de faire l'amour avec moi par téléphone.

« Monsieur Follope !...

— Oui... Je suis là... Je me suis éloigné un bref instant, j'ai cru que quelqu'un avait sonné à la porte... Excusez-moi !

— Je voulais vous raconter quelque chose, dit la voix qui s'est de nouveau apaisée, mais si vous avez à faire, je vous le raconterai demain... ou jamais... rien ne presse.

— Non, non, ma petite ! Tout ça me passionne, au contraire ! Je regrette que vous ne me voyiez pas. Je me suis à moitié allongé dans mon fauteuil, j'ai mis les pieds sur mon bureau, et j'écoute tout ce que vous avez à me dire !...

— Ce n'est pas grand-chose, reprend-elle, caressante. Mais ça me fait plaisir de vous avoir pour confident. Vous avez beaucoup lu, monsieur Follope... Vous êtes sans doute capable de comprendre ce qui m'arrive mieux que moi-même...

— Je puis essayer, en tout cas.

— Comme je vous le disais, alors que je suis plutôt de caractère réservé... et que j'ai toujours eu horreur des conversations un peu osées... telles qu'on peut en avoir entre filles, au lycée ou à la Fac... je me suis trouvée tout de suite capable de soutenir ces dialogues obscènes... Je serais incapable de vous expliquer pourquoi !... Or, la troisième de ces conversations s'est déroulée de façon inattendue... Vous êtes toujours là ?...

— Oui.

— C'était un peu après quatorze heures. On m'a dit que c'était un moment de creux parce que jusqu'à quatorze heures les hommes téléphonent de leur bureau, puis ils vont déjeuner, et ils reviennent, vers quatorze heures quarante-cinq, quinze heures... assez allumés, si vous voyez... Donc, c'était vers quatorze heures quinze... Il y a eu ce moment de creux... Je venais d'avoir mes deux premiers appels... qui s'étaient très bien passés... deux appels très simples... auxquels je n'avais eu aucun mal à répondre... Pendant une dizaine de minutes, le téléphone a cessé de sonner. Nous étions quatre, dans la pièce où nous nous tenions, deux des filles se sont levées... elles ont dit "Maintenant, c'est calme, on va boire un café..." elles sont sorties... je suis restée seule avec une autre... une blonde... jolie fille... pas très grande mais bien faite... vingt-cinq ans... sympa... Elle s'appelle Joëlle. Elle était en T-shirt blanc et en jupe longue... chaussée de ballerines... genre fille qui suit des cours de théâtre, un peu clean, un peu cool, mais branchée... Elle était assise en face de moi... elle s'est mise à lire *Cosmopolitan*... le téléphone a sonné, elle m'a fait signe de répondre.

J'ai pris le combiné. J'ai entendu une voix d'homme mûr... une voix assez grave... lente... réfléchie... et pas plutôt jeune, excitée, comme les deux premiers appels que j'avais eus... j'ai tout de suite compris que ça allait être une conversation différente... que je me trouvais en liaison avec quelqu'un qui ne se contenterait pas de rien du tout... Il m'a tout de suite donné le numéro de sa Carte bleue... j'ai immédiatement interrogé l'ordinateur, comme dès hier on m'avait appris à le faire... le compte était provisionné à plus d'un million de francs... nouveaux, bien sûr... j'ai dit O.K., monsieur, je vous écoute... il a un peu ri... il n'a pas commencé par me faire dire des choses grossières... il m'a demandé de lui dire comment j'étais habillée... de haut en bas... dessus et dessous... je le lui ai dit... il a répété... en prenant son temps... comme s'il enregistrait mes réponses par écrit... il n'a fait aucune remarque... Monsieur Follope ?... Vous êtes toujours là ?...

— Oui...

— Cette voix... cette lenteur... je me suis sentie mal à l'aise... J'ai fait signe à Joëlle que je n'étais pas sûre de bien m'en tirer... elle a souri, elle a reposé son journal... elle s'est approchée de mon poste... et elle a pressé sur un bouton... ce qui fait qu'aussitôt on s'est trouvées en "conférence"... la voix du type a résonné clairement dans la pièce... Joëlle m'a montré du doigt le micro inséré dans le socle de l'appareil... j'ai compris que je pouvais continuer de parler tout en gardant les mains libres... j'ai doucement reposé le combiné... la conversation s'est poursuivie.

Le type a demandé des choses pas très sales, mais précises... il parlait toujours d'un ton détaché... j'ai senti qu'il voulait que je réponde sur le même ton... sans paraître mettre un semblant de passion, ni même de complicité, dans ma réponse... comme j'avais fait pour les deux premiers correspondants... il voulait que je parle d'une voix froide, objective si je puis dire... j'ai eu peur de ne pas être à la hauteur... Joëlle l'a compris... j'étais sur le point de paniquer... elle avait été se rasseoir dans son fauteuil... en face de moi... elle m'a fait signe de la tête qu'elle allait m'aider... et comme désormais elle entendait aussi bien que moi tout ce que disait le type, elle s'est mise à articuler d'une voix blanche les réponses que j'avais à faire... Vous pigez le truc, monsieur Follope ?...

— Oui... je pige...

— Ça a duré comme ça quelques minutes... et puis... je ne sais pas trop comment ça s'est fait... je me suis rendu compte que je ne lisais plus les réponses sur les lèvres de Joëlle... mais que Joëlle s'était mise à faire... pour de vrai... les gestes que le type lui demandait de faire... et que moi... je décrivais ces gestes que je lui voyais faire comme si c'était moi qui les faisais... Monsieur Follope ?...

— Oui.

— Vous m'écoutez ?

— Oui.

— Il va falloir que vous m'expliquiez ça...

— Continuez !

— Joëlle avait été se rasseoir dans le fauteuil, je vous l'ai dit... mais maintenant elle s'était reculée dans le siège... elle avait passé les jambes sur chacun des accoudoirs du fauteuil... La jambe droite sur l'accoudoir de droite... La jambe gauche sur l'accoudoir de gauche... elle était là... sa longue jupe remontée jusqu'à la taille... elle était jambes nues... elle m'a fait penser à une grenouille, avec ses cuisses blanches tout écartées... elle avait un slip blanc,... elle l'a écarté de la main gauche... j'ai vu sa... comment appelle-t-on ça ?... sa motte... toute mince... mais bombée... toute blanche et tout épilée ce qui m'a pas mal surprise... Monsieur Follope, vous aimez ça, les filles épilées ?...

— Je ne sais pas... je...

— Et ça, pour moi, tout en continuant d'obéir au type !... de décrire ces choses comme si c'était moi qui les faisais !... j'avais l'impression que ma tête allait exploser... Je sentais pourtant que c'était encore loin d'être fini... la voix du type a brusquement changé... elle s'est faite brutale... coléreuse... il donnait maintenant ses ordres par à-coups... il s'est mis à me dire des grossièretés... des insultes... Dans les yeux de Joëlle, je lisais qu'il faudrait pourtant aller jusqu'au bout... Le type a ordonné... Joëlle a retroussé sa manche sur son bras droit, et elle a avancé cette main étroite, les doigts joints, à l'angle de la motte... juste sur la fente... puis elle a allongé seul le quatrième doigt et elle s'est doucement mise à caresser cette fente, là, monsieur Follope... cette fente s'est mise d'elle-même à très légèrement s'ouvrir... il est sorti quelque chose de mince... de gluant... comme un peu de morve... ça bavait... le type a encore ordonné autre chose... il a gueulé... et Joëlle a brusquement opposé les deux mains sur les deux côtés renflés de la fente... ces deux mains étant exactement symétriques... ce qui m'a frappée... et des trois plus longs doigts de chaque main, elle a séparé les deux côtés de la fente, qui s'est ouverte sur presque toute sa longueur... exactement comme s'ouvrirait une huître si les huîtres s'ouvraient aussi facilement !... Je l'ai dit au type. Le type croyait que je faisais ça sur moi, il m'a ordonné de lui dire comment c'était... dedans... Vous me croirez ou non, monsieur Follope... c'est une chose que j'ignorais totalement jusqu'à tout à l'heure... pour la bonne raison que je ne l'avais jamais regardé ! À la vérité, je croyais que c'était simplement une sorte de trou... par où sortait l'urine des femmes quand elles pissaient et les enfants lorsqu'elles en faisaient... Je n'ai pas eu le courage de l'avouer, j'ai simplement répondu : Vous croyez que je vois ce que je fais ?... Il m'a lancé une insulte et m'a dit : Prenez votre temps, penchez-vous, et regardez !... Joëlle a souri... ça me faisait une drôle d'impression de la voir, dans la position où elle était... en raccourci... avec ce joli visage en haut, et en bas, séparée à peine, dans ma vue, par la largeur d'une main... cette chose... qui est cachée profond entre les jambes des femmes... pleine de plis et de replis... de trucs qui s'enfoncent... d'autres qui dépassent... et à quoi elles-mêmes ne savent pas trop quels noms donner... Elle m'a dit quelque chose avec les yeux... j'ai compris... j'ai été me mettre à quatre pattes devant elle... devant ce qu'elle était en train de montrer... avec tous ses doigts qui bougeaient, maintenant... et qui l'étiraient terriblement dans tous les sens... et j'ai raconté au type ce que je voyais. J'avais presque fini, lorsque brusquement, la communication a été coupée... Monsieur Follope ?... Monsieur Follope ?... Vous êtes toujours là ?... Vous m'entendez ?... »

10

Les deux jours suivants, rien à signaler. Isabelle m'appelle ponctuellement vers les vingt heures. L'histoire de l'homme à la voix autoritaire ne s'est pas renouvelée. Mais le vendredi soir, lorsqu'elle m'appelle, elle est tout excitée.

« Qu'est-ce qui vous arrive ? je demande. Vous avez découvert la fille que nous cherchons ?

— Non, mais un type a demandé un rendez-vous !

— À vous ?

— À une copine avec qui je m'entends très bien.

— Cette Joëlle, dont vous m'aviez parlé le premier jour ?

— Une autre. Lucienne. Une fille d'une trentaine d'années. Mais elle est très craintive, elle m'a demandé si je ne voulais pas y aller à sa place.

— Que dit la direction dans un cas pareil ?

— Lucienne n'a rien dit à la direction de peur de se faire remercier. Rien ne nous oblige, en principe, à répondre à ce genre de demande, mais la direction n'aimerait sûrement pas savoir que des types vont vers d'autres numéros de téléphone s'ils estiment que, pour une raison ou pour une autre, une animatrice les a frustrés.

— Et vous, vous pensez quoi ?

— J'ai très envie d'aller à ce rendez-vous. Il ne s'est rien passé depuis que je suis là et ça pourrait peut-être nous mettre sur une piste. J'ai dit à ma copine que j'étais plutôt d'accord, mais que j'avais besoin de réfléchir avant de donner ma réponse définitive. J'aimerais bien qu'on en parle tous les trois avec Mornios.

— Parfait. Pouvez-vous encore joindre cette fille ?

— Sans problème. Elle est comme moi, elle rentre chez elle sitôt qu'elle a fini de travailler. Après tout ce qu'on a déblatéré, et tout ce qu'on a entendu au téléphone, on a toutes besoin d'une bonne douche !

— Impec. Dites-lui qu'elle appelle le type et que le type vous appelle. Elle n'a qu'à lui dire qu'elle a ses règles mais que vous, sa meilleure copine, vous êtes partante pour une partie de jambes en l'air. Si le type vous rappelle, dites-lui que vous n'êtes pas libre ce soir, parce qu'on vous prévient trop tard, mais que vous l'êtes demain. Faites-vous donner l'heure et l'endroit précis du rendez-vous. Si tout va bien, trouvons-nous ce soir à vingt et une heures rue de Lappe, avec Mornios, et nous examinerons tout à la loupe.

— O.K. Quoi qu'il arrive, je vous rappelle dans vingt minutes. »

Un quart d'heure après, elle rappelle. Le type est d'accord pour demain soir. Il lui a donné tous les détails. Nous nous donnons rendez-vous dans deux heures, rue de Lappe.

La rue de Lappe n'est plus ce qu'elle était ! Il y avait des artisans, des bistrots, des bougnats, des bals-musettes. Il y a des boutiques, des galeries, des bars, des boîtes branchées. Le dernier dancing, le Balajo, est envahi chaque vendredi soir par des mondains friqués qui viennent tortiller leur croupion ramolli dans l'ancien repaire de l'apache tricard et de la bonniche énamourée. Le seul bougnat restant s'appelle À la Galoche d'Aurillac. On y bouffe tripoux et coq au vin sous une guirlande de sabots, tandis que, dans un coin, un costaud mal rasé en chemise de piqué blanc sans cravate et gilet de satinette, coiffé d'un feutre noir informe, joue de la musette sans jamais s'arrêter. On dîne, on cause. Isabelle répète tout ce qu'elle m'a raconté, précisant que le client lui a donné rendez-vous 32, impasse Miremont, premier étage droite, à une heure qui lui sera indiquée. Mornios l'écoute avec son air de flic, et lui fait préciser le moindre détail. Il prend des notes sur un coin de la nappe en papier. Il sait très bien où est l'impasse Miremont, qui se trouve à moins de cinq cents mètres de l'antenne de police. Isabelle est rieuse et excitée, Mornios est sombre, je préfère ne pas m'interroger. Quand on semble avoir vraiment fait le tour de la question, nous montons dans la voiture de Mornios et allons reconnaître les lieux. Le 32, impasse Miremont, est un immeuble 1930, isolé au fond d'un passage fait de remises, comme il en existe tant dans ce quartier. On y accède par un petit square situé au bout de l'avenue Edgar-Quinet. L'issue ouest de ce square donne droit sur l'impasse. L'immeuble est un banal immeuble de rapport, haut de quatre étages. Il y a quatre fenêtres par étages, deux appartements, sans doute. Le rendez-vous a été donné au premier étage droite, dont les volets clos ne laissant filtrer pour l'instant aucune lumière. Juste au-dessous, la loge du concierge est éclairée. « C'est marrant, dit Mornios, vous voyez la loge éclairée ? »

— Oui, je dis.

— Eh bien, la gardienne de l'immeuble, qui habite cette loge, est la veuve d'un fonctionnaire de police, un motard, qui était attaché au commissariat du XIVe et qui s'est fait tuer dans un accident de la route. Je le connaissais un peu.

— Et alors ?

— Le Têtard le connaissait un peu aussi et je crois qu'il va, de temps en temps, donner un petit coup de consolation à la veuve.

— Ah, ça serait chouette, s'il se trouvait là quand je dois y aller ! dit Isabelle.

— Ouais... ça s'arrange un peu moins mal qu'on pouvait le craindre, dit Mornios. On enverra Le Têtard passer la soirée chez la veuve, vous l'aurez juste en dessous de vous en cas de besoin. J'ai l'impression, en plus, que dans ces vieux immeubles de brique, on entend tout. Vous n'aurez qu'à pousser un cri, il sera là. »

Nous avons stationné à l'entrée du passage, nous contournons le pâté de maisons par-derrière, où nous ne voyons aucune issue, Mornios remonte le boulevard Edgar-Quinet, puis il redescend jusqu'au square. Juste à l'angle qui se trouve au droit de l'immeuble, il y a une cabine téléphonique. On stoppe. Je descends de voiture, j'entre dans la cabine. De là, on aperçoit parfaitement la porte d'entrée de l'immeuble. Je remonte dans la voiture. « Vous n'avez pas, par hasard, des jumelles, au poste ? je demande à Mornios.

— Mais si ! On a même des jumelles infrarouges, qui permettent d'y voir aussi clair la nuit que le jour.

— Idéal. Demain, vous me passez ces jumelles. À six heures, on fait mettre par la voirie un écriteau sur la cabine comme quoi elle est en dérangement. Vers neuf heures, je prends position dans la cabine, je surveille les entrées et les sorties. Je serai dans la cabine, Le Têtard sera au rez-de-chaussée, vous-même pourriez vous tenir au volant de la voiture à ce coin de rue, je crois que nous serons parés ! Qu'est-ce que vous en pensez, Isabelle ?

— Oui, ça me va très bien comme ça !

— Je pense encore à une chose, dit Mornios. On vient de recevoir en dotation, de la direction technique, un hurleur qui n'est pas plus grand qu'un ticket de métro, il tient dans le creux de la main. Passons à l'antenne, pour cette jeune fille, ce sera toujours un moyen de plus.

— D'ac, dit Isabelle. Je vais finir par être hyperprotégée. Quand je pense que je vais peut-être tomber sur un petit vieux qui voudra seulement que je lui fasse une "faveur sexuelle", à travers la braguette, à la Clinton !

— Laissez Clinton à ses plaisirs et pensez à ce que vous aurez à faire, grommelle Mornios.

— Vous êtes de mauvais poil, on dirait, réplique Isabelle.

— J'ai conscience des risques que vous courez, ça me fout les boules », dit Mornios.

Isabelle voit qu'il est vraiment en rogne. Elle ne répond pas. On passe à l'antenne de police. Il lui remet le hurleur qui est, en effet, grand comme un ticket de métro et qui, paraît-il, peut être entendu à deux cents mètres. Puis il va s'enfermer dans son bureau. Je raccompagne Isabelle jusqu'au métro. Malgré le petit incident avec Mornios, elle est calme. Croisons les doigts.

11

C'est le jour J ! J'ai mal dormi. À six heures du mat' je suis debout. À six heures et demie, je vais acheter mes journaux au kiosque qui vient d'ouvrir, puis je jogginge jusqu'au Raspail Vert où les premiers consommateurs sont déjà là, à moins que ce ne soient les derniers. Je bois trois doubles cafés serrés mais je ne peux pas avaler la moitié d'un croissant. Je rentre chez moi, je tourne en rond. À neuf heures, je vais voir Mornios qui m'assure que ce soir le dispositif sera bien en place. Les services de la voirie apposeront la banderole « En dérangement » sur la cabine du square dès dix-huit heures, et Le Têtard a déjà pris contact avec la gardienne du 32, la veuve de son pote, pour passer la soirée dans la loge. Il s'y pointera dès la fin de l'après-midi et pourra même y dormir sur un lit de camp si besoin est. Cette conversation me rassérène un peu et vers dix heures je rentre de nouveau chez moi. Dans le tiroir gauche de mon bureau, j'ai un colt CZ, calibre 7.35 à canon court dont j'ai fait l'achat pour le principe rue Franklin-Roosevelt, chez Gastine-Renette, l'armurier des snobs, le jour où j'ai troqué la panoplie du libraire contre celle du privé. J'ouvre le tiroir, je sors la boîte, il est là, le chéri, qui dort comme un enfant dans le sein de sa mère. Tout doux, tout gentil. Je le sors de ses langes, je fais basculer le barillet, j'ouvre la boîte cartonnée où les six balles attendent sagement elles aussi, je les essuie soigneusement, et j'introduis l'une après l'autre ces six balles dans le barillet, comme on enfonce doucement six suppositoires dans le derrière d'un mouflet qui n'aime pas ça et qui pourrait se mettre à gueuler, mais le revolver ne dit rien.

Puis je passe le feu dans ma ceinture, je m'entraîne à le saisir rapidement. Sans blague, si ce soir quiconque essaie de toucher un seul cheveu d'Isabelle, je lui colle six balles dans la peau. Le téléphone sonne. La Voix ?... J'en aurais presque envie, tellement je me sens remonté ! Mais non, ce n'est pas la Voix, c'est seulement une voix qui lui ressemble d'une manière étonnante. Isabelle.

« Allô ?

— Allô ?

— C'est monsieur Follope ?...

— Isabelle ! Bonjour.

— Bonjour. Ça va ?...

— C'est à vous qu'il faut demander ça !

— Ça va très bien. Je me sens en pleine forme. Le

type vient de confirmer pour ce soir. Je tenais à vous le dire. Je suis sûre que je vais découvrir quelque chose !

— De toute façon, faites gaffe ! Même si cet honorable personnage est entièrement étranger à notre histoire, j'espère qu'il ne vous demandera rien de trop... spécial.

— Eh bien non. J'ai préféré lui poser franchement la question.

— Il a répondu quoi ?...

— Il m'a dit qu'il voudrait simplement avoir avec moi une conversation comme celles qu'il a d'habitude au téléphone... mais... en me regardant... et que tout ce qu'il me demanderait ce serait de relever ma jupe pour qu'il puisse voir mes jambes tout en me parlant... et...

— Et ?...

— Et qu'il faudrait que j'aie des bas noirs et des jarretelles noires. C'est tout ce qu'il exige d'un peu... particulier... et au son de sa voix j'ai compris qu'il disait vrai.

— Et... vous vous sentez de taille à affronter une telle situation ?...

— Il me semble que oui. Je me dis que j'enquête sur le meurtre sauvage d'une jeune femme et que je fais cela dans le but de recueillir des indices.

— Parfait. C'est ainsi qu'il faut voir les choses. Je vous avoue que je salue votre courage. De votre côté, vous pouvez absolument compter sur nous. Je serai à vingt mètres dans la cabine téléphonique, Mornios sera tout à côté dans la voiture et Le Têtard sera juste au-dessous de vous, chez la concierge. Nous ne bougerons pas tant que nous ne vous aurons pas vue ressortir... ou que vous ne nous aurez pas appelés. N'oubliez pas le hurleur !

— Soyez sans crainte, je n'oublierai rien du tout ! »

Il y a un instant de silence, en un éclair j'imagine ce type dont je ne sais rien, et qui est sans doute un vieux type dans mon genre, en train d'échanger froidement des saloperies avec cette jeune femme, assis dans son fauteuil, tout en lui ayant fait remonter sa jupe jusqu'en haut des cuisses... Le rire d'Isabelle me ramène soudain à la réalité... c'est un rire sexy... mais léger... je suppose qu'elle a perçu mon trouble et qu'elle rit pour détendre l'atmosphère.

« J'ai le hurleur là... près de mon sac à main... elle enchaîne, et comme la plupart des filles j'ai bien des bas noirs... mais la seule chose que je n'ai pas c'est un porte-jarretelles !... Je vous avouerai que je n'en ai pas mis un seul de ma vie !

— Vous... allez devoir en acheter un ?... » je demande sottement.

Elle rit de nouveau.

« Mais non, cher monsieur Follope !... Mais non !... Je ne vais pas acheter un porte-jarretelles noir pour une seule fois !... Vous seriez capable de me demander de le mettre pour vous accompagner au bal des détectives-privés-anciens-libraires !... Non, j'ai tout raconté à ma copine du téléphone... elle en a un... et même plusieurs... je passerai chez elle après le travail... elle habite dans le coin, du côté de Denfert... je prendrai celui qui m'ira le mieux... et j'irai directement de chez elle à mon rendez-vous.

— Et moi, dès la tombée de la nuit, je serai à mon poste dans la cabine téléphonique. Soyez prudente, et ne prenez pas de risques inutiles ! À ce soir.

— À ce soir ! »

La journée se traîne. Pour la première fois depuis longtemps, je regrette le temps où j'étais libraire. Je serais peinard, au milieu de mes livres. Les livres sont pleins de sang et de meurtres, d'accord, mais ce sang, c'est de l'encre d'imprimerie, ces meurtres, de simples images qui se passent dans la tête. Tout paraît vrai, mais tout est faux. Même les énigmes sont pour rire... À propos d'énigme, je me mets à me remémorer tout ce qui est arrivé depuis le début, et, de fil en aiguille, m'attachant à examiner soigneusement, sans a priori, ce que je sais des rares personnes ayant joué un rôle dans l'histoire, j'en viens à soupçonner Mornios lui-même. Primo, il m'en veut, deuzio, il travaille à deux pas de chez moi, troizio, il a découvert comme par hasard une jeune femme dont la voix ressemble au fil près à celle qui m'a téléphoné, quarto, précisément, celle qui m'avait téléphoné avait voulu faire l'amour avec moi par téléphone, et cette Isabelle, quoique flicque, va passer une partie de son temps à ça... Il y a de quoi se poser des questions, à une époque, en plus, où tout un chacun sait que la police compte à peine moins de moutons noirs qu'un troupeau de moutons albinos qui serait tombé dans une piscine de cambouis, au point que le mot « ripoux » pour « pourri » est devenu un mot des plus communs, et des plus utilisés par les Français !...

Je tourne et retourne l'hypothèse dans ma tête tant et si bien que je laisse filer l'heure du déjeuner.

À seize heures, Mornios passe. À la main, il tient un attaché-case. Il le pose sur une chaise. Il me demande comment je me sens.

« Mal. Je n'arrête pas de gamberger à propos de cette affaire. J'étais justement en train de penser à vous.

— À moi ?...

— Ouais. J'étais en train de me dire que c'était peut-être vous qui aviez tout organisé !

— Marrant.

— Très marrant.

— Et pourquoi j'aurais tout organisé ?...

— Fastoche ! Vous êtes un monstre. Un monstre caché dans la dégaine d'un brave flicard. En apparence, vous protégez la veuve et l'orphelin. En réalité, vous collectionnez les corps de femmes.

— Dans quel but ?

— Pour satisfaire vos désirs nécrophiles. Les femmes vivantes vous effraient parce qu'elles vous tiennent pour un plouc, par conséquent vous les voulez mortes. Et vous les voulez sans tête parce que, même mortes, vous auriez peur qu'elles se moquent encore de vous !

— Bien vu.

— D'autres détails ?

— Ça me plairait.

— Isabelle est votre filleule. C'est aussi votre complice. C'est elle qui est la Voix. Il n'est pas possible que deux voix se ressemblent autant, et je l'ai identifiée sitôt que vous me l'avez présentée. Elle appâte les filles dont vous allez jouir une fois que Le Têtard les aura décapitées. Lui est votre complice numéro 2. Vous fonctionnez selon la technique des commandos que vous avez apprise à l'armée, et tout se passe dans un rayon de trois ou quatre cents mètres de l'antenne de police. Vous m'avez mis dans le coup par pur sadisme, parce que je suis votre voisin, et que vous, les vrais flics, vous aimez bien vous payer la tête des privés — surtout s'ils ont été libraires !

— Finement pensé !

— Mais maintenant, je vous ai démasqués ! Vous deux, Mornios et Le Têtard, vous êtes le Don Quichotte et le Sancho Pança du crime, mais vous êtes tombés sur un moulin à vent qui va vous casser en petits morceaux ! »

J'ouvre le placard, je prends le colt, je le pointe sur le bide de Mornios.

« Je crève de peur », dit Mornios. D'une main, il écarte le canon.

« D'où sort ce soufflant ?

— Il est à moi.

— Vous devriez savoir que les privés n'ont pas le droit d'être armés.

— Je l'ai acheté lorsque je me suis installé comme libraire.

— Possible, mais maintenant vous êtes un détective privé.

— Sûr. Mais je reste quand même un ancien libraire.

— Vous avez un port d'armes ?

— Oui.

— Rangez ça, vous pourriez vous blesser. »

Je retourne au placard, j'y remets le colt, je reviens me planter devant Mornios.

« Vous m'avez demandé dans quel état d'esprit j'étais, je dis, eh bien voilà !

— Normal, mon cher Follope. Normalissime. Dans toutes les affaires difficiles, l'enquêteur passe par la phase maniaco-dépressive. Le problème semblant insoluble, il s'estime en droit de soupçonner n'importe qui. Regardez l'affaire Dutroux, en Belgique. Certains ont dit que le roi était coupable. Regardez, ici, l'affaire du pasteur Doucet. Certains ont dit que le chef de l'État était coupable. Il voulait protéger le Premier ministre, qui voulait protéger un ministre, qui était pédé comme Doucet, et à qui Doucet fournissait régulièrement des petits trous du cul garantis sans hémorroïdes. Total : la police descend Doucet, au nom de l'État, étant donné qu'on n'a pas à hésiter entre un État propre et un pasteur sale. Oui, mon cher Follope, tout semble possible dans ce monde de haine où nous sommes venus vivre sans l'avoir jamais demandé ! Pour en revenir au crime qui nous occupe, je dois vous avouer que, pas plus tard que cette nuit, repassant toute l'histoire dans ma tête, je me suis presque persuadé que cet assassin ignoble, c'était vous. Je l'avais pensé, le jour même du meurtre, si vous vous souvenez... je vous soupçonnais de tremper d'une manière ou d'une autre là-dedans. Bon, on arrête tout et on recommence. Ça vaudra mieux, non ?

— Ouais, ça vaudra mieux.

— Vous avez eu des nouvelles d'Isabelle ?

— Elle m'a appelé ce matin. »

Je lui raconte ce qu'elle m'a dit au téléphone.

L'histoire des bas noirs et des jarretelles noires l'excite. « Dans une autre vie, j'aimerais bien être une femme ! me dit-il. Je serai danseuse dans un peep-show. Vous viendrez me mater ?

— Promis. » Il est déjà dix-sept heures dix. On décide d'aller casser une graine en vitesse au Raspail Vert en prévision de la nuit, qui menace d'être longue.

« Le Têtard vient avec nous ? je demande.

— Vous rigolez. Il est déjà installé chez sa veuve qui doit lui préparer une raclette savoyarde, il adore ça.

— La raclette, la dînette et la branlette. C'est dans *Casanova*, tout ça.

— Vous lisez trop. »

Il ouvre l'attaché-case, en sort les jumelles à infrarouge, ainsi qu'une petite torche électrique, et me les tend. Nous dînons au Raspail Vert. Je croyais ne pas pouvoir manger, mais j'ai la dent. Nous bâfrons et buvons confortablement. Les nerfs, sans doute. On ne se hâte pas. Inutile de se pointer du côté du square trop tôt, au risque de se faire repérer par l'homme qui a donné rendez-vous à Isabelle, s'il lui prenait envie de faire une dernière reconnaissance avant de passer à l'acte. Tout en bâfrant, nous bavardons. Mornios raconte des histoires de putains. Il regrette le temps, pas si lointain, où la putain était, par la force des choses, une femme réelle, qui offrait réellement ses charmes, pour des sous. On les connaissait toutes. Certaines jouaient un rôle discret d'indicateur. On avait même connu (qui le croirait !) des pontes de la Préfecture de police qui, peu à peu, à force d'avoir fidélisé chandelles ou amazones dans la recherche du petit renseignement, s'étaient constitué un véritable réseau de radeuses sur les arrondissements les plus chauds de Paris, au point de devenir eux-mêmes proxénètes. C'était le bon temps ! Mais désormais, avec l'envahissement de la scène par ces flopées de call-girls, modèles, masseuses, body-buildistes, sexologues, chiroqueutistes, escorts, peep-girls et maintenant téléphono-minitélistes qui s'étaient abattues sur la Ville Lumière comme un tourbillon de mouches sur une crotte de chien, la police tirait la langue. Eh oui, les beaux jours sont finis !

À huit heures, il fait nuit. Nous partons dans la voiture de Mornios. Il est au volant. Je m'assois à côté. Nous descendons le boulevard Edgar-Quinet et passons devant l'immeuble où Isabelle a rendez-vous. Il y a de la lumière au rez-de-chaussée... Le Têtard veille au grain... mais toujours pas au premier étage... Isabelle et son client ne sont pas encore arrivés... Je sens ma gorge se nouer.

« Il me tarde qu'elle soit là, je dis à Mornios.

— Ouais. Allez surveiller la porte à la jumelle. »

Il contourne le petit square et s'arrête à toucher la cabine. Je descends. Lui-même stoppe cinq mètres plus loin, faisant mordre les pneus sur le trottoir. La torche à la main, j'entre dans la cabine, au-dessus de laquelle la voirie a bien placé la banderole convenue « En dérangement ». Mon pied heurte un objet posé à même le sol fait d'une plaque métallique. Je me penche. Il y a là un de ces seaux en plastique, munis d'une anse, où l'on vend, dans les grandes surfaces, de la lessive pour machine à laver, par cinq kilos. Les bords du couvercle sont scotchés et, dessus, on a tagué au marqueur noir une inscription illisible. Je soulève le seau par l'anse, espérant, une fraction de seconde, de toutes les forces de mon être, qu'il pourrait être vide, mais non, il n'est pas vide. Il pèse. Il pèse lourd ! Je le repose sur le sol, je sors de la cabine, je m'accroupis, je vomis.

12

Maintenant, nous sommes revenus dans le bureau de Mornios. Il y a Mornios, il y a moi, et il y a un homme trapu, la cinquantaine, le crâne rasé — le médecin légiste. Sur la table sont posés deux seaux : le seau de lessive que j'ai trouvé dans la cabine téléphonique, et que nous avons déscotché ; et un seau de plastique transparent, rempli de glaçons où le médecin légiste a déposé, bien droite, toute blanche, les yeux grands ouverts, la tête de notre assistante.

Mornios fait circuler une bouteille de whisky. J'en ai bu deux grands verres et pourtant, j'ai encore l'impression d'avoir froid.

« Comment s'appelait-elle ? demande le toubib.

— Elle disposait de vrais-faux papiers au nom d'Isabelle Berliet, dit Mornios, mais son vrai nom c'est Irène Beaumont.

— Il s'agit de savoir ! dit le toubib d'un ton impatient.

— Isabelle Berliet, ce n'était qu'un nom de guerre, dit Mornios. Son vrai nom, ça reste Irène Beaumont.

— Irène Beaumont ! dit le toubib. Ça n'est pas un nom plus moche qu'un autre ! Il lui va très bien, d'ailleurs. Irène Beaumont ! » Il sort de sa poche une étiquette autocollante, la décolle de son support, la colle sur le bord du seau de plastique, et écrit dessus, au bic bleu, en capitales,

IRÈNE BEAUMONT.

— Elle avait quel âge ? il enchaîne.

Trente ans », dit Mornios.

Le toubib se penche et il écrit, en minuscules, dans le coin droit de l'étiquette : trente ans.

« Tout de même, vous auriez pu lui fermer les yeux, docteur Zuruck ! s'exclame Mornios.

— Vous n'avez pas la prétention de m'apprendre à faire mon travail ? réplique le légiste vivement. L'abc de la médecine légale, c'est d'examiner les choses telles qu'elles se présentent, avant de pousser l'étude plus loin. Je vous promets de faire dire à cette belle jeune femme tout ce qu'elle voudra bien me raconter.

— On le saura quand ? demande Mornios.

— Passez dans une heure, elle aura commencé à parler ! »

Il nous salue, prend le seau par l'anse, et s'en va.

« Il a vraiment l'air un peu fêlé, non ? je dis à Mornios.

— Il n'a pas "l'air fêlé"... il *est* fêlé... mais c'est certainement le meilleur médecin légiste de Paris, qui n'en compte d'ailleurs que quatre ou cinq ! Une chance qu'il ait été chez lui lorsque je l'ai appelé ! Si quelqu'un est capable de faire jacter un cadavre, ou un morceau de cadavre, c'est bien lui !

— Où est-ce qu'il opère ?

— À la morgue, où il s'est fait installer un petit labo permanent. Excusez-moi, je vais de nouveau dégueuler, j'espère que c'est la dernière fois, ça m'a vraiment retourné l'estomac de découvrir cette pauvre fille, je me demande comment vous avez fait tout à l'heure pour tout rendre d'un seul coup.

— L'émotion.

— Deux minutes !

— Je vous en prie. »

Il file aux toilettes. Je tourne en rond. Toute notre belle combinaison s'est effondrée. À voir les choses en face, je ne suis pas plus avancé qu'au premier jour. Mais, dans l'intervalle, il y a eu ces deux filles décapitées. J'en suis responsable ? Coupable ? Responsable-coupable ? Responsable pas coupable ? Coupable pas responsable ? Ni l'un ni l'autre ? J'ai de quoi réfléchir pour quelques jours. Mornios revient. L'air sombre, il s'assoit devant une vieille machine à écrire, et se met à taper des deux index, assez vite, d'ailleurs.

« Qu'est-ce que vous tapez là ?
— Je commence le rapport.
— C'est urgent ?
— Moyennement.
— Pourquoi le tapez-vous, alors ?
— Pour faire quelque chose en attendant d'aller chez le légiste.
— Vous aurez des ennuis avec vos supérieurs quand ils sauront que cette assistante de police est morte sous vos ordres ?
— Pour l'instant, pas tellement. Un incident de ce genre, du point de vue de notre hiérarchie, ne doit pas être apprécié en tant que drame personnel, mais en tant qu'élément d'un ensemble statistique. Les autorités savent que, bon an, mal an, un certain pourcentage d'agents de la force publique sera abattu en service, et tant que les chiffres restent inférieurs, égaux, ou à peine supérieurs à ce pourcentage, il ne se passe rien. Tout va très bien, bébé ronronne. Par contre, si le pourcentage habituel est sensiblement dépassé en fin d'année, ça peut faire du grabuge.
— Qui se traduit par quoi ?...
— D'autres rapports.
— C'est grave, ça !
— C'est gravissime... D'autant que ces derniers rapports vont s'empiler sur les rapports qui se sont déjà empilés sur les rapports qui se sont empilés sur les rapports qui se sont eux-mêmes empilés

sur les rapports dénonçant ces graves dysfonctionnements ! Cet empilage himalayen de rapports désapprobateurs, durement ressenti par les fonctionnaires responsables, n'est d'ailleurs pas particulier à la police. On peut également l'observer en matière de fraude fiscale, violence urbaine, racisme ordinaire, accidents de la route, magouilles électorales, abandon de caniches, alcoolisme des femmes, suicide des jeunes, et divers autres maux qui rongent la société française. Il ne faut pourtant pas baisser les bras ! »

Je consulte ma montre.

« Allons-y. »

Mornios laisse tomber son rapport, nous sortons. Nous sautons dans la voiture de Mornios et gagnons l'Institut médico-légal à coups de sirène. En une petite vingtaine de minutes, on y est. Situé entre Seine et voie rapide, désormais coincé sous la radiale qui conduit à l'autoroute de l'Est, l'endroit est sinistre à souhait. Mornios se gare n'importe où sur le terre-plein, nous escaladons un perron de quelques marches, et il sonne à la vieille porte de fer tout écaillée.

La porte déclique et s'ouvre. Nous nous trouvons dans une sorte de petit hall. Ça pue le phénol, le formol, le chlore, le crésyl, le Nettoie-Tout, le Monsieur Propre et autres désinfectants hypoallergéniques, mais dans cet océan d'innombrables parfums javellisés flotte, immobile, l'odeur froide, tenace, douceâtre et mortelle du macchabée. Deux types en blouse blanche, assis l'un en face de l'autre à une petite table, sont en train de taper le carton. L'un est chauve comme un œuf, l'autre touffu comme les sourcils d'Allègre.

« Qu'est-ce qui vous permet ?... commence le touffu...

— Police ! hurle Mornios. Où est le légiste ?...

— Où voulez-vous qu'il soit ?... En salle d'autopsie. Premier couloir à droite, porte A. »

Nous entrons dans le couloir de droite qui est peinturluré en deux tons aux couleurs préférées de la Ville de Paris pour tout ce qui relève du secteur Santé publique : vert caca d'oie (pour le bas), jaune urinaire (pour le haut). La porte A est la première. Mornios ne se donne plus la peine de sonner. Il la pousse violemment et nous entrons.

Une salle d'autopsie... C'est la première fois que j'en vois une. On parle très souvent d'autopsie dans les journaux mais on ne décrit jamais comment ça se passe, ni où ça se passe et c'est vraiment dommage que le public qui sait qu'on va autopsier un être cher ne le sache pas !

C'est une large pièce carrée, carrelée de blanc, brillamment éclairée par des barres de néon fixées au plafond. Le sol aussi est carrelé et la première chose, qui surprend, c'est qu'il est légèrement en pente.

Au centre de la pièce, se trouve le meuble principal, sorte de table de béton grisâtre, longue comme un lit, mais étroite, légèrement inclinée vers l'avant elle aussi, et dont le centre est traversé d'une rigole : il faut deux secondes pour comprendre que, par cette rigole, le sang de la personne autopsiée s'écoule de lui-même vers l'avant, sans qu'on ait besoin de lui dire : « C'est par là. » Cette rigole est munie à son extrémité d'un bec verseur en tôle, à la verticale duquel on a creusé deux ou trois rigoles analogues dans le sol carrelé.

Ces dernières conduisent à un trou situé dans le coin droit de la pièce, d'où s'élève une bonne odeur de sang séché.

Près du trou, il y a un seau de fer-blanc, sur le rebord du seau il y a une serpillière dégoulinante, et, à côté du seau, un balai de crin bruni au travail.

À mi-distance entre la table d'autopsie et le mur de gauche, il y a, fixée sur des tréteaux de bois blanc, une longue planche en formica, genre présentoir de chez Cartier, qui sert évidemment à déposer organes et viscères au fur et à mesure qu'on les retire du client autopsié. Sous cette planche, on a posé par terre toute une série de plats, bocaux et récipients divers, certains en verre, d'autres en tôle émaillée.

Lorsque nous entrons, je remarque aussitôt qu'un

objet bizarre est posé sur cette planche. Qu'est-ce que ça peut bien être ? Nous approchons et je finis par reconnaître la tête d'Irène, que j'aurais été bien en peine d'identifier du premier coup, car on en a détaché, à droite et à gauche, la peau du visage, après avoir tranché cette peau en deux, de la nuque au menton, en passant par le sommet du crâne. Cette peau, encore retenue à la tête à hauteur des mâchoires, repose, plus ou moins repliée sur elle-même, des deux côtés.

Quant au haut du crâne, il a été découpé à la scie chirurgicale exactement comme on fait sauter le haut d'un œuf coque à l'aide d'un petit couteau. Cette coupelle osseuse est maintenant posée à la gauche de la tête. Le crâne étant ainsi ouvert, on voit le cerveau qui, de l'endroit où je suis, me semble une mousse d'un blanc rosâtre. C'est vraiment un charmant spectacle. Quand je serai grand, moi aussi je veux être autopsié !

Planté devant la planche, le docteur Zuruck est penché sur le crâne décalotté. Il a passé, par-dessus son costume de ville, un grand tablier, blanc à l'origine, et maintenant taché de sang, d'urine, de morve, de lymphe, de merde, et d'autres déjections non identifiées. Son tablier, genre tablier de jardinier, est pourvu d'une poche ventrale, où sont entassés ciseaux, couteaux, tranchets, bistouris, pinces et divers autres outils. Comme nous avançons, il se raidit de toute sa courte taille et, l'air contrarié, dit à Mornios : « Tout de même, vous pourriez frapper avant d'entrer.

— On est au fond du trou, s'écrie Mornios, on n'a pas le temps de faire des politesses !

— Mais, dites-moi, fillette, réplique le légiste, qui n'a pas l'air de vouloir s'en laisser conter, j'ai l'impression que la police a ses vapeurs !...

— Écoutez, toubib, dit Mornios. La police, on n'arrête pas de cracher dessus du 1er janvier au 31 décembre, mais lorsqu'une femme se fait décapiter, c'est elle qui doit faire le travail. On peut donc comprendre que, par moments, elle s'énerve.

— Moi aussi, je participe à ce travail, pourtant je reste calme, dit le légiste.

— Mais je suis calme !... je suis extrêmement calme !... crie Mornios qui fait un tel effort pour se maîtriser que je vois ses épaules trembler.

— Qui est ce vieillard ? demande le légiste en me désignant d'un coup de menton.

— Mon nouvel assistant, un détective privé, M. Follope. Vous l'avez vu dans mon bureau, il n'y a pas deux heures.

— Il n'a pas l'air très malin, dit le légiste.

— Il ne l'est pas, c'est pour ça qu'il a l'air de ne pas l'être, dit Mornios.

— Qu'est-ce que vous voulez savoir ? demande le légiste.

— Mais tout ! dit Mornios. Tout ce que vous avez réussi à tirer de cette tête !...

— Eh bien, cher ami, pas mal de choses ! répond le légiste d'un air satisfait. Je commencerai par vous dire, d'abord et pour débuter, que la tête ici présente est celle d'une jeune femme du sexe féminin... jeune femme âgée d'environ trente ans... et qui jouit en outre d'une parfaite santé !

— Qui *jouissait* d'une parfaite santé, corrige Mornios.

— Qui jouissait d'une parfaite santé jusqu'à l'instant même où sa vie s'est arrêtée, si vous y tenez, concède le légiste. C'est quelqu'un, par exemple, qui n'a jamais mis les pieds chez un dentiste, et qui, si elle continue à surveiller son alimentation, ne devrait jamais avoir besoin d'y aller. Vous savez que dans la partie du cou que nous voyons là, enchaîne-t-il en pointant un index boudiné sur ce qui reste du cou d'Irène, passent tous les systèmes que contient le corps humain, ou à peu près tous, ce qui me permet d'affirmer sans hésiter que cette jeune femme dispose... ou disposait, si vous y tenez... d'un système sanguin, musculaire, nerveux en parfait état. Quant à son cerveau, il est aussi frais que le cerveau de l'enfant qui vient de naître ! Ce n'est pas un cerveau, c'est un véritable Yoplait à la fraise !... On en mangerait. »

Délicatement, il trempe le bout de l'index dans le cerveau, juste à un endroit où c'est tout rose, il le porte à ses lèvres, tire un peu la langue, et lèche son doigt d'un air gourmand.

« Et encore, nom de Dieu ? » rugit Mornios.

Le légiste le regarde d'un air mécontent.

« Et encore ?... dit tout doucement Mornios, avec à peu près la voix de Marlene Dietrich broyant entre ses dents un rat d'égout.

— Et encore, poursuit le légiste d'un air satisfait, je suis aussi en mesure d'affirmer, ce qui vous fera sûrement plaisir étant donné l'intérêt que vous paraissez porter à cette jolie personne, qu'elle n'a aucunement souffert avant de mourir !

— Sans blague ?

— Eh oui, c'est comme ça. Cette jeune femme n'est pas morte d'avoir été décapitée vivante avec un couteau de cuisine, ce qui aurait pu être douloureux, elle est morte d'un coup de poinçon donné dans le cervelet. Et étant donné que, lorsque je l'ai examinée, les muscles de son cou étaient encore de la plus grande souplesse, ce qui n'aurait pas été le cas si elle avait été suppliciée, j'en déduis qu'elle a été tuée par surprise. À mon avis...

— À votre avis ?...

— À mon avis, elle pouvait être, par exemple, assise à une table, en train de converser paisiblement avec quelqu'un... lorsqu'une autre personne s'est approchée d'elle par-derrière et l'a frappée. Mais ici, bien sûr, je sors du domaine de la médecine légale, et je m'aventure sur celui du roman policier. C'est une impression que j'ai, pourtant, et je tiens à vous en faire part.

— Merci, dit Mornios.

— Brave petite Irène... dit le toubib en tapotant d'un air bonhomme le haut du crâne. Si discrète, mais qui avait encore tant de choses à nous dire !... Et jolie, par-dessus le marché, ce qui ne gâte rien !... Ce n'est pas votre opinion, monsieur Mornios ?...

— Si, dit Mornios, mais pour mon goût, elle serait encore plus jolie si vous lui recolliez un peu la peau du visage sur le crâne. J'aime beaucoup les femmes, quelles qu'elles soient, mais je les aime encore plus si elles n'ont pas les joues posées sur la table, et si elles ont les yeux en face des trous.

— On les voit, les esthètes ! dit le légiste.

— Je suis resté vieux jeu, je l'avoue... dit Mornios.

— Pleure pas, papa, dit le légiste. De toute façon, j'avais fini. Je vais vous la raccommoder, votre pin-up !

— Vous ferez bien, parce que, telle qu'elle est, on dirait qu'elle s'apprête à concourir pour le titre de Miss Abattoir, dit Mornios.

— Vous êtes dépressif, ma parole ! Attendez deux minutes, et je vous en refais une poupée Barbie ! »

Le légiste sort de sa poche un rouleau de scotch, et il scotche le dessus de la boîte crânienne, qu'il avait scié, sur le crâne lui-même. Puis, des deux mains, il ramène vivement les deux morceaux de la peau du visage, qu'il avait coupée en deux, sur le crâne, il se débrouille pour les faire tenir ainsi de la seule main gauche, il plonge de nouveau la main dans sa poche ventrale, en sort une grande agrafeuse de bureau, et en douze coups d'agrafeuse, en virtuose, il agrafe les deux moitiés de peau, visage compris, en commençant par la nuque et en finissant par le dessous du menton. Le seul ennui, c'est que la symétrie, qui n'est déjà pas beaucoup respectée dans les visages vivants, ne l'est plus du tout après cette opération ! Il y a deux fois plus de peau d'un côté que de l'autre, la partie droite du visage est absolument flasque alors que la partie gauche est tendue à craquer. En plus, les yeux ne sont pas dans les orbites. L'œil gauche s'est coincé à l'angle de la pommette, l'œil droit se balade au milieu de la joue.

— Vous ne pourriez pas essayer de remettre les yeux à leur place ? demande Mornios.

— Ils y sont... à peu de chose près ! dit le légiste. Je n'y touche plus. Il y a tout un déséquilibre à respecter, dans les visages ! On croit améliorer un détail, et on fout l'ensemble en l'air ! »

Il recule de trois pas, et considère son chef-d'œuvre en silence. On dirait Léonard de Vinci, s'abîmant dans la contemplation de la *Joconde*, une fois donné le dernier coup de pinceau !

« Mes enfants, je suis content de moi !... s'exclame-t-il. Qui a osé parler de Miss Abattoir ?... Mais est-ce qu'on ne dirait pas plutôt Miss France en personne à l'instant où elle vient de triompher de

Miss Berry, Miss Franche-Comté et Miss Languedoc-Roussillon dans la salle des fêtes de Nancy ?... Elle a même l'air plus intelligent... ce qui n'est pas bien difficile, je l'avoue... À vaincre sans péril, on triomphe sans gloire !... Toute décapitée qu'elle est, qui sait si elle n'exciterait pas les désirs d'un Clinton, s'il arrivait à la coincer trois minutes, ni vu ni connu, dans un couloir, à l'entrée du Bureau ovale ?... Je reconnais qu'elle n'a ni ventre, ni jambes, ni bras, mais elle a assurément tout ce qu'il faut pour réussir une fellation comme il les aime !... »

Il semble assez lancé, et je m'attends à ce qu'il continue à déraper comme il arrive fréquemment aux toubibs lorsque les faits du jour leur rappellent soudain la leçon d'anatomie ou la salle de garde... le bon vieux temps où les carabins se lançaient à la figure couilles, nichons, cœurs, foies, rates, pancréas, yeux, langues, oreilles, cervelles traînant sur les tables de dissection... lorsqu'un violent grondement se fait entendre... le bâtiment se met à trembler sur ses bases, le seau vacille, le balai tombe, le légiste pose vivement la main sur la tête d'Irène pour l'empêcher de rouler sur le sol, j'entends le bruit que font dans tout l'immeuble les macchabées heurtant les parois métalliques des tiroirs.

« Qu'est-ce qui se passe ? » dit Mornios. Il regarde à ses pieds comme s'il craignait de voir le sol s'ouvrir.

« Les bétonneuses du vendredi ! » dit le légiste. De la main qui ne tient pas la tête d'Irène, il montre le plafond, le grondement décroît, et je m'aperçois que l'ouragan de bruit qui a fait trembler le bâtiment venait d'en haut et non d'en bas.

« Quelles bétonneuses ? demande Mornios alors que le calme revient.

— Les bétonneuses qui travaillent sur la gare de Lyon, dit le légiste, qui peut maintenant lâcher la tête. Vous vous êtes tout de même rendu compte que, depuis une dizaine d'années, on bétonne à tour de bras dans tout Paris... et vous pouvez bien vous dire qu'il n'y a jamais eu, dans toute la région parisienne, assez d'entreprises de travaux publics pour pouvoir produire tout ce béton !

— Je ne me suis jamais posé la question, dit Mornios.

— Je ne me la posais pas non plus, au début, mais j'ai bien été obligé de me la poser à partir du moment où j'ai cru que mon labo allait disparaître dans un tremblement de terre... On m'a donné la réponse, et je vous en fais profiter !

— Ce qui revient à dire ?

— Ce qui revient à dire, expose patiemment le légiste, que des engins de travaux publics, et en particulier des bétonneuses, viennent de toute la France participer aux travaux de Paris. Elles s'y retrouvent par régions. Les bétonneuses de l'Est travaillent autour de la gare du Lyon, du quai de

Bercy... les bétonneuses du Nord, autour de la gare du Nord... du chantier du Grand Stade... les bétonneuses de l'Ouest et du Sud-Ouest, autour de la gare Montparnasse, et ainsi de suite... et le vendredi soir, tout ce petit monde rentre chez lui... Affaire d'habitude, pour ces braves ouvriers, et pour nous...

— Foutons le camp, dis-je à Mornios, j'ai trouvé !

— Vous avez trouvé quoi ?

— Ce que nous cherchons depuis trois semaines !... J'ai trouvé !... »

Je dois faire une drôle de gueule, il me regarde comme si j'étais devenu fou. Le légiste fait un pas en arrière. Sans me quitter des yeux, il referme la main sur le manche d'un de ses couteaux à découper. L'image reviendra à ma mémoire, plus tard. J'apprendrai que des gens venus, pour une raison ou pour une autre, visiter la morgue, ont déraillé — le cadre, la lumière, l'odeur, les sentiments — et qu'il a fallu employer les grands moyens pour les calmer. La légende veut même que certains de ces curieux soient arrivés sur leurs deux pieds et qu'ils aient fini dans les tiroirs. Je me dirai aussi, beaucoup plus tard, lorsque je reviendrai sur les détails de cette histoire, qu'un moyen, aussi simple qu'adroit, d'escamoter un corps, décapité ou non, sans laisser de traces, c'est de se débrouiller pour lui faire affecter un petit coin tranquille à l'Institut médico-légal, pseudonyme « La Morgue », 3, quai de La Râpée,

Paris, XIIe, couloir D, pièce VII, paroi 3, rangée 9, tiroir 392... Il pourra y attendre patiemment l'éternité.

« Qu'est-ce qui vous prend ?... me crie Mornios. C'est l'ambiance ?... Vous perdez les pédales, Follope ?...

— J'ai trouvé !... je répète. Allons-y !... Que je vous explique le coup de A à Z !... »

À mes yeux, horriblement écarquillés, me dira-t-il, il voit que je dis vrai.

Il salue le légiste d'un bras d'honneur, et il m'entraîne vers la porte.

« Ne me laissez pas comme ça ! crie le toubib. Qu'est-ce que je vais faire de ces restes de viande, moi ?...

— Flanquez-les au frigo, on viendra les chercher plus tard ! »

Le toubib répond quelque chose qu'on n'entend plus. On est déjà loin. On franchit le hall au pas de course, on se rue dans la bagnole, Mornios fonce sur Montparnasse. On est venus vite, on repart trois fois plus vite qu'on est venus. Je ne sais comment Mornios ne provoque pas d'accident. Un dieu nous protège, sans doute, le dieu qui protège le monde pourri, l'époque pourrie, les flics pourris, les filles pourries, les détectives pourris, les libraires pourris, les handicapés pourris, les toubibs pourris, les amours pourris, les désirs pourris, les mots pourris et les morts pourris. Les lumières de Paris défilent à toute vitesse, je me crois dans ces films de poursuite récemment importés des États-Unis où on voit des tanks tout dévaster sur leur passage, des hélicoptères donner la chasse à ces tanks, d'autres hélicoptères filmer ces hélicoptères lancés à la chasse de ces tanks, et les gens assis devant leur télévision qui regardent, abêtis, la fuite ininterrompue des images. Je sens qu'on n'est rien. On est des poursuites, on est des images, on est des reflets de quelque chose qui n'aurait jamais dû exister et qui, de toute façon, dans quelques semaines, dans quelques mois, ne sera plus.

13

Maintenant, on est de nouveau tous les trois dans le bureau de Mornios, Mornios, Le Têtard et moi. Ambiance des grands jours. Paris-beurre, sandwich rillettes, et saucisson sec. Canettes Kronenbourg, Heineken et Spaten. Enregistreur posé sur la table, des fois qu'on ne se rappellerait pas ce qu'on a dit. Les deux flics sont assis, ils écoutent. Je suis debout, je marche en parlant. L'histoire se déroule devant mes yeux. Je la raconte comme si je regardais le film.

« Voilà. Au départ, c'est l'histoire d'une fille laide qui a une très jolie voix. Attention, elle n'a pas seulement une très jolie voix : elle a une voix extraordinairement sensuelle !... Elle n'est pas seulement laide : elle est monstrueuse, aucun homme ne jettera les yeux sur elle, elle est à jamais privée d'amour.

Elle se sent femme, pourtant. Elle a un cœur et des rêves de femme. Elle ne cesse de penser à ce qui lui est interdit, et dont elle entend parler par les autres. Or, depuis quelques années, se développe à Paris, ainsi que dans toutes les grandes villes européennes, un phénomène né aux États-Unis, et inconnu jusqu'alors de ce côté de l'Atlantique : le téléphone rose ! Des hommes paient pour "faire l'amour"... c'est-à-dire pour se masturber... tout en conversant au téléphone avec des femmes qui les excitent, en paroles... et que, dans l'immense majorité des cas, ils ne rencontreront jamais.

— C'est du puritanisme, ça ! dit Mornios.

— Exactement. C'est du puritanisme. Faire l'amour sans se toucher, comme c'est le cas dans les peep-shows... mieux encore, faire l'amour sans même se voir, comme c'est le cas avec le téléphone rose, le Minitel, ou Internet... ça ne pouvait être inventé que dans le grand pays des puritains, les États-Unis... ces puritains, tout en cerveaux, qui haïssent le sexe... les têtes d'œufs de Harvard, de M.I.T., de la Silicon Valley... la technologie mise au service du puritanisme !...

— Ça tache pas les draps, dit Mornios.

— Comme vous dites. Vous avez lu Henry Miller, vous, Mornios ?

— Non. Un écrivain ?

— Un écrivain, peut-être, oui, probablement, somme toute, en fait, puisqu'on le lit. Un écrivain américain.

— Première nouvelle. Il a dit quoi ?

— Il préférait Paris à son pays, nos putes bien en

chair, bien gluantes du trou, à ces millions, là-bas, de vagins américains arides, osseux, javellisés. Il appelait cela, il y a cinquante ans... le cauchemar climatisé. C'était un peu exagéré, peut-être... mais maintenant, on voit que c'était prophétique... Le cauchemar climatisé, on est en plein dedans ! Ressassons : peep-show, téléphone rose, Minitel, Internet... l'amour sans contact... les femmes sans femmes... le cul sans cul... Le cauchemar climatisé... aseptisé... abstraitisé... technologisé...

— La suite, dit Mornios.

— Mais pas perdu pour tout le monde !... Des proxénètes d'un nouveau genre se sont mis à exploiter cette nouvelle réalité. Des agences se créent, des officines prolifèrent, des réseaux se constituent, une grande partie de la presse, qu'elle soit de droite ou de gauche, accepte la publicité pour ce racolage post-moderne qui draine vers lui des milliers de michés en quête de frissons rémunérés, ce qui fait que ce commerce, ainsi que celui de son frère jumeau, le Minitel rose, permet la réalisation de profits considérables. On croit toujours le capitalisme à court d'idées, mais grâce au téléphone et au Minitel rose il apporte la preuve qu'il a su aisément se renouveler !

— Au fait !

— J'y arrive. Pour l'exercice d'un pareil commerce, les proxénètes du New Age n'ont pas besoin de mettre sur le trottoir de vraies putains. Il leur suffit de mettre sur le réseau téléphonique, ou sur le réseau hertzien, des putains virtuelles, qui n'ont pas même à payer réellement de leur personne, et qui se contentent d'exciter vocalement le client empressé sans risquer le quart de la moitié de l'un de leurs précieux poils du cul ! On n'a donc pas besoin d'être jeune, belle, attirante pour devenir animatrice de téléphone rose. On peut être vieille, moche, répugnante : il suffit d'avoir une jolie voix et de savoir s'en servir.

— Des putains virtuelles ! J'aimerais en avoir une dans mon lit, chef, dit Le Têtard.

— Et en plus, avec elles, vous ne risquez pas d'attraper le sida, j'ajoute.

— La suite ! dit Mornios.

— La plupart du temps, cependant, les animatrices du téléphone rose sont jeunes : la jeunesse donne à la voix des femmes un timbre qui trompe rarement. La plupart du temps, aussi, elles sont belles, mais cela n'est pas forcément le cas. Comment est-ce que la femme dont nous parlons, pour en revenir à elle, est entrée dans le système du téléphone rose, nous ne pouvons pas le préciser, mais cela n'a pas une grande importance. À mon avis, cette femme est physiquement si repoussante qu'elle n'aurait jamais été admise dans les officines qui recrutent régulièrement de nouvelles animatrices, mais le fait est que, d'une manière ou d'une autre, elle a pénétré le réseau. Je suppose qu'un jour, par hasard peut-être, une copine l'aura mise dans le coup... soit qu'elle ait remplacé cette copine empêchée qui devait assurer des coups de téléphone de chez elle... soit que cette copine, sensible à la détresse de cette femme, l'ait mise en relation avec des clients prêts à verser l'argent à la copine en cachette de l'officine... car on peut être sûr que certaines filles, devenues expertes dans ce racket, l'exercent directement, malgré toutes les précautions prises par les agences... un peu comme une putain exploitée par un proxénète se débrouille pour exploiter elle-même une autre putain.

Bref, la fille dont nous parlons entre, ouvertement ou non, dans le bizness du téléphone rose. Ça la satisfait doublement : d'abord parce qu'elle y gagne de l'argent, ensuite parce que ça lui permet de connaître, sur le plan sentimental et sexuel, des émotions que la vie semblait lui avoir à jamais refusées. Pour notre malheur...

— Cette femme habite Montparnasse, dit Mornios.

— Exact ! Pour notre malheur, cette femme habite Montparnasse. C'est notre voisine. Elle habite à cent, deux cents mètres de votre boutique et de la mienne. Elle nous connaît. Elle est très intelligente. Elle doit se marrer quand elle nous voit parce qu'elle exerce, au fond, une activité dégueulasse et que jamais nous ne la soupçonnerions !

— Je devine qui c'est ! dit Mornios.

— Pas moi, dit Le Têtard.

— C'est une fille qui fait partie du groupe de handicapés qui habite au bout de la rue, à l'angle du boulevard ! dit Mornios.

— Exact.

— C'est marrant, dit Mornios, j'y ai vaguement pensé, un jour, il n'y a pas très longtemps, où, sans le faire exprès, j'ai bousculé l'une de ces minuscules personnes, qui sortait du bureau de tabac, boulevard Montparnasse, à côté du Dôme, et que je n'avais pas vue.

— Une fille ? je demande.

— Probable... Ou un type... On n'est jamais certain... Au niveau de ces handicaps, ils se ressemblent tous...

— Ça m'est sûrement arrivé aussi, plus d'une fois, j'avoue... Difficile de faire autrement... Je le nierais, évidemment, si on me posait la question !... En effet, au fond de moi, je n'ai rien contre eux... Au contraire !...

— Je me demande tout de même comment, tels qu'ils sont, ces gens-là arrivent à ne laisser derrière eux que des têtes ! dit Le Têtard.

— C'est sur ce point précis que le légiste nous a apporté la solution, je dis... la dernière pièce du puzzle qui nous manquait.

— Allez-y, mais clairement ! dit Le Têtard.

— On en revient à cette fille, j'enchaîne. C'est une fille à la voix merveilleuse... qui s'est fabriqué, somme toute, une petite vie pas désagréable, et puis un jour, le clash. Une jolie fille la bouscule dans la rue, ou se fout d'elle. Brusquement, elle pète les plombs, et elle la fait trucider par ses amis.

— Mais comment peut-elle avoir des amis si, par hypothèse, elle est tellement repoussante ? demande Le Têtard.

— L'enquête le dira, mais, à mon avis, ce sont deux ou trois de ses camarades de misère, je réponds. C'est l'histoire de *Freaks* qui se répète sous nos yeux.

— Qu'est-ce que le fric a à voir là-dedans ? dit Le Têtard.

— Il n'a pas dit « fric », il a dit « freak », patate ! dit Mornios.

— Freak, ça veut dire monstre, en anglais, je dis. C'est le titre d'un vieux film américain... un film des années trente. Ça raconte l'histoire d'un cirque où sont exhibés toutes sortes de monstres : obèse, femme-tronc, homme sans bras, sœurs siamoises, etc. Un jour ces monstres se liguent contre une belle femme blonde qui travaille elle aussi dans le cirque, l'écuyère... ils la poursuivent, l'attrapent, la mutilent, la déchirent jusqu'à ce qu'elle devienne un monstre comme eux, une sorte de poule qui finira sa vie à picorer sur du fumier...

— C'est immonde, madame, ça va me flanquer des cauchemars ! dit Le Têtard.

— Ce n'est pas le film, c'est la vie qui est un cauchemar, dit Mornios.

— Bien pensé, je dis.

— Mais pourquoi cette fille vous a-t-elle vous-même mis dans le coup ? demande Le Têtard.

— Je ne sais pas... Je me suis peut-être un jour impatienté au passage d'un cortège dans lequel elle se trouvait... quelque chose comme ça... Elle m'a pris en grippe, et ça a provoqué la mort de la pauvre Irène à partir du moment où la Voix s'est rendu compte qu'elle allait travailler avec moi...

— Mais qui a fait disparaître les corps ? demande Le Têtard.

— À mon avis, les corps ont été coulés dans du béton. Vous vous rappelez, Mornios, ce que le légiste nous a dit ? Que des bétonneuses venaient des quatre coins de la France, à Paris, où l'on a besoin de millions de mètres cubes de béton depuis vingt ans. Dans ma tête, ça a fait tilt.

— Pourquoi ? demande Mornios.

— Parce que ça a brutalement fait resurgir en moi deux indices que j'avais enregistrés sans y prêter attention, et que ces deux indices donnaient tout aussi brusquement son sens à un troisième sur lequel nous nous étions vainement interrogés.

— Lumière ! dit Le Têtard.

— Quand j'ai été prendre le T.G.V. pour Bordeaux, il y a une dizaine de jours, je suis arrivé en avance, j'ai été me promener le long des quais. La gare Montparnasse paraît terminée, mais au-delà des quais, le bétonnage continue. J'ai vu là tout un entassement de matériel de travaux publics, au nombre de quoi, des bétonneuses. Ces bétonneuses étaient, comme les autres machines, entièrement recouvertes de tags, ce qui fait qu'il était impossible de lire les noms, ou les initiales des entreprises qui les utilisent, noms ou initiales qui sont généralement écrits dessus.

— G.M.T., par exemple : Grands Travaux de Marseille, dit Mornios.

— Mince, dit Le Têtard, ce sont les marteaux-piqueurs qui défoncent la rue devant chez moi !

— J'ai pris mon train... je me suis promené deux bonnes heures dans Bordeaux... il n'y avait pas grand-chose à voir... mais alors que je revenais vers la gare par les quais, j'ai remarqué un engin de démolition et une bétonneuse qui étaient au travail sous le pont de pierre. Sur la bétonneuse étaient peintes trois grandes lettres blanches... B.S.O....

— Grands Travaux de Bordeaux ?... risque Le Têtard.

— Bétonneuses du Sud-Ouest... ou quelque chose comme ça, je dis. Et à mon sens, lorsqu'on enlèvera les tags qui recouvrent pour l'instant les engins qu'on ira examiner de près gare Montparnasse, c'est cette même inscription qu'on y trouvera !

— Les billets de T.G.V. Paris-Bordeaux, ou Bordeaux-Paris, voulaient donc dire quelque chose, dit Mornios. Je vous dois un café.

— Les bétonneuses ne voyagent pourtant pas par T.G.V., dit Le Têtard.

— Non... mais ces gens se croyaient absolument sûrs d'eux, et c'était un moyen supplémentaire pour eux de se payer notre gueule, dit Mornios.

— Ce que je ne vois pas, dit Le Têtard, c'est comment cette fille, la handicapée, a pu être en contact avec un conducteur de bétonneuse au point d'en faire le complice de ses crimes, si ce n'est le criminel numéro un !

— Je suppose qu'elle l'a recruté par le téléphone rose, je dis. Ça se sera bien passé... ils auront pris rendez-vous en douce... d'une manière ou d'une autre elle l'aura embobiné... et conduit là où elle voulait en venir.

— De toute façon, l'enquête le fera apparaître, dit Mornios.

— Bon... Assez bavardé... Quand est-ce qu'on y va, chef ? demande Le Têtard.

— Dès demain six heures... l'heure légale... et le temps que je commande un car de flics, la juge d'instruction, le procureur de la République, et un serrurier !

— La juge d'instruc'... le proc... faut-il vraiment que vous dérangiez ces huiles de la haute magiscracure pour une affaire qui approche de son dénouement ? dit Le Têtard.

— Et un peu ! s'exclame Mornios. Ces huiles de la haute magistrature... je vous signale à tout hasard, mon cher, qu'on dit magistrature, avec deux “t”, et non magiscracure, avec deux “c”...

— Première nouvelle ! dit Le Têtard.

— Tenez-vous-le pour dit... Ces hautes huiles donc n'aiment pas être dérangées quand il s'agit de coups foireux, de petites affaires sans importance... mais s'il s'agit d'une affaire bien juteuse... dont les médias risquent de s'emparer... elles seront ravies de s'être trouvées là, et elles ne manqueront pas de nous renvoyer l'ascenseur, à l'occasion. Surtout, pas un mot à la presse !

— Comptez sur moi, chef, dit Le Têtard.

14

À six heures moins sept, le jour se lève. Le soleil n'est pas jaune, mais rose pâle. Comme une femme qui se réveille étend les bras, il envoie deux longs bras de lumière rose dans le ciel. À six heures moins cinq, un car de flics s'arrête boulevard Raspail à l'angle de la rue Delambre devant l'immeuble qu'occupe l'association « Demain la Vie ! ». À six heures moins quatre, des balayeurs noirs qui ont achevé leur travail nocturne passent d'un pas nonchalant, traînant des balais de plastique vert vif assortis au vert de leur uniforme. À six heures moins trois, une camionnette 405 hors d'âge s'arrête derrière le car de flics, le serrurier en descend. C'est un grand diable brun, en salopette bleue, osseux et rigolard. Il vient vers Mornios qu'il connaît : « Un adultère ? » « Ouais, un adultère entre deux femmes » dit Mornios. À six heures moins une, une Clio s'arrête derrière la 405. Par la portière de gauche, je vois apparaître deux longues guibolles, qui se mettent à la verticale, soutenant une grande fille en minijupe et veste courte. En même temps, la portière de droite s'ouvre, en sortent deux longues guibolles identiques, qui se déplient, se mettent à la verticale, et se trouvent soutenir une grande greluche du même genre, en minijupe et blouson de jean. Ces deux filles ont des gueules pâles et raides de merlan frit et elles tiennent chacune un dossier sous le bras. Par la portière arrière sort un gros petit jeune homme, tout de noir vêtu, à usage de greffier, qui porte à la main un magnétophone. Ils se dirigent vers nous. Les deux filles nous saluent d'un signe de tête sec.

« Vous connaissez Mlle Éva Delavant, juge d'instruction, me dit Mornios, voici Mlle Octavie Dechien, procureur de la République. » « Médèmes... » je dis. Trois photographes, que personne n'a prévenus, sont là. Mornios fait signe au brigadier qui commande les flics de les empêcher d'entrer. Tenus à distance, ils commencent à mitrailler notre petit groupe et la façade de l'immeuble. Les deux magistrates s'écartent un instant pour conciliabuler en secret et les photographes les mitraillent spécialement sous tous les angles. Leurs visages raides ne bronchent pas, leurs longues guibolles ne bronchent pas, mais chacun comprend qu'elles jouissent de bas en haut.

Mornios consulte sa montre. Six heures. Il fait signe au serrurier. En dix secondes, celui-ci ouvre la porte. Nous entrons. Notre arrivée provoque un certain schproum dans l'établissement, dont la plupart des pensionnaires sont encore couchés, mais en moins de cinq minutes nous avons trouvé celle que nous cherchons. C'est une nabote, un pauvre être difforme, haut de quatre-vingts centimètres, aux petits yeux noirs, vifs et brillants. Elle habite seule, sous les toits, une chambre minuscule qu'elle partage avec un poste téléphonique. Les murs de cette pièce sont couverts de posters représentant les plus grands séducteurs du cinéma américain : Gary Cooper, Cary Grant, Robert Redford, Richard Gere, etc. Madame est romantique ! Elle ne fait aucune difficulté pour avouer, et voyant qu'elle est dans de si bonnes dispositions la juge demande au greffier d'enregistrer.

Cette fille s'appelle Marcella. Elle a vingt-quatre ans. Son histoire est à peu près celle que nous avions fini par reconstituer. Ne voulant pas d'un monstre, ses parents l'ont abandonnée à sa naissance. Elle a passé sa vie de foyer en foyer. Depuis quatre ou cinq ans, elle a été placée ici, à Paris, où la vie est moins dure pour les infirmes qu'en province. Elle aurait pu s'y trouver pas trop malheureuse, par rapport à ce qu'elle avait vécu précédemment, si, depuis ses vingt ans, elle ne s'était découverte à elle-même comme irrémédiablement romantique, sensible, sensuelle. Elle a soif d'amour. Et pas seulement d'un amour sentimental, elle a soif de l'amour physique, de l'amour que les hommes font avec les femmes, dans les lits. Évidemment, cet amour lui est à jamais interdit, elle souffre un enfer. En 1995, elle fait deux tentatives de suicide. Le médecin du foyer estime qu'elle a voulu mourir parce qu'elle ne supportait pas d'être naine, mais elle se fiche complètement d'être naine, elle a voulu mourir parce qu'elle ne pouvait plus vivre sans amour.

Or, début 1996, arrive un événement imprévu. Une monitrice, nouvellement nommée dans le foyer, mais qui habite seule en ville, remarque la voix de Marcella et, un beau soir, demande à lui parler en particulier. Cette monitrice, âgée d'une trentaine d'années, lui raconte qu'elle peut à peine vivre avec son salaire, on s'en doute, elle est payée au S.M.I.G., et que, pour avoir un minimum d'aisance, il lui arrive de faire des remplacements comme animatrice de téléphone rose, tuyau qu'une de ses copines lui a passé.

Peu à peu, elle se fait en douce des clients personnels, qui l'appellent au téléphone sans savoir où elle habite, et la paient en laissant des enveloppes, à un nom d'emprunt, dans des cafés. Un soir, elle ne peut pas être à Paris, alors qu'un de ses clients doit l'appeler, et c'est Marcella qui la remplace. Marcella réussit fantastiquement bien dans ce rôle parce qu'elle y met toute la sauvagerie d'une sensualité réprimée. Une nouvelle vie commence pour elle. Elle continue d'abord à téléphoner de chez cette copine, puis elle finit par se faire affecter cette sorte de soupente sous les toits, elle y fait installer le téléphone, elle se fait mettre sur liste rouge, et elle a rapidement ses propres clients privés. Elle raconte ça avec une grande vivacité, elle semble prendre plaisir à faire ces aveux, je me sens mal à l'aise.

« Comment faisiez-vous pour vous faire payer ? demande Mornios.

— Le système des enveloppes.

— Qui allait les chercher ?

— Une amie.

— Et si la personne qui vous avait téléphoné ne payait pas ?

— Ça n'arrive pas une fois sur cent. On ne travaille pas avec des S.D.F., mais avec des bourgeois. Ils ont du fric. Ils veulent du plaisir. Ils l'ont. Ils paient. »

Le petit greffier fait signe qu'il est arrivé au bout de la bande. Il retourne la bobine. Pendant qu'il fait ça, il y a un silence. La juge tend sa longue jambe, cambre le pied, et considère attentivement son pied cambré.

J'adresse un clin d'œil à Le Têtard que je vois devenir apoplectique. La juge se remet sur ses deux pieds. Le greffier fait signe qu'il peut de nouveau enregistrer.

« Mais comment se fait-il, Madame, dit la juge d'instruction avec l'expression d'un merlan frit qui regarderait un mille-pattes, que vous soyez brutalement passée d'une activité semi-délictueuse au crime ?... »

C'est tout simple. Cela n'a tenu qu'au hasard. Un soir de septembre, la naine, qui prenait un café avec son amie du téléphone rose au Raspail Vert, a vu venir vers elle une jolie fille, Estelle, qu'elle ne connaissait pas, mais qui était elle aussi une animatrice. L'amie commune a fait les présentations, et Estelle a dit en riant à la naine : « Comment ça va, demi-portion ? » Elle avait signé son arrêt de mort.

« Mais pourquoi, demande Mornios, avoir tenté de mêler à cette affaire M. Barnabé Follope, détective privé, ici présent ?

— En sortant du café, j'étais furieuse, ce grossier personnage m'a bousculée sans me voir. Quelque temps après, un matin, vers huit heures, il paraissait pressé, je bavardais devant l'entrée du foyer avec des camarades, il a recommencé. Et une troisième fois encore, après, il m'a bousculée. Ça fait des années qu'il n'arrête pas de me bousculer ! Je me suis toujours dit qu'un jour, je l'aurais !

— Je n'ai aucun souvenir de tels incidents », je m'exclame, et tant pis si je mens un peu... On n'aime pas trop se trouver mis en cause par des nains.

« Mais... de tels incidents sont-ils plausibles ? demande la juge en coulant vers moi un regard venimeux.

— Bien sûr qu'ils sont plausibles ! je concède.

— Ça m'est arrivé ces jours derniers, dit Mornios

à la juge, et ça aurait aussi bien pu vous arriver à vous !

— Je fais attention où je mets les pieds, moi, dit la juge.

— En tout cas, c'est plausible, je répète.

— Vous voyez bien, gros porc, que vous le reconnaissez ! s'écrie la naine.

— Je ne reconnais rien du tout.

— Vous êtes sans cœur, monsieur Follope, dit la juge.

— Je vivrais bien sans cœur, si j'avais vos guibolles, je rétorque.

— Mais, enchaîne Mornios, qui ne veut pas lâcher la naine, vous n'avez sûrement pas, toute seule, tué et décapité Estelle !

— Non, j'avais un complice, évidemment.

— Vous pourriez nous dire le nom de ce complice ?... dit la juge.

— Sans problème. Il s'appelle Robert Merlet. Il a trente-huit ans. Il travaille pour les B.S.O.

— C'est-à-dire ?

— Les Bétonneuses du Sud-Ouest.

— Vous pourriez nous donner son adresse ?

— Sûr. À Paris, il est logé dans les baraquements des B.S.O. qui sont implantés sur le chantier de la gare Montparnasse. À Bordeaux, il habite chez sa mère, 159, quai de Bacalan. »

Mornios griffonne quelques mots sur une feuille arrachée à son carnet, la donne au Têtard et lui dit :

« Le Têtard, en quatrième vitesse. Radio à la R.J. et à Bordeaux par fax, qu'on arrête ce type. »

Le Têtard file.

« Reprenons, dit Mornios. Racontez-nous comment vous vous êtes associée avec ce type.

— Oh, je ne me suis jamais associée avec lui ! dit la naine.

— Racontez-nous comment vous l'avez rencontré. »

La naine raconte son histoire.

Ce n'est pas du tout l'histoire que j'avais imaginée !

C'est une histoire qui pourrait serrer le cœur de ceux qui en ont encore, mais à la manière dont Mornios et les magistrates l'écoutent, je crois que, lorsqu'on la lira dans la presse, c'est plutôt une histoire qui fera rigoler.

Tout s'est noué il y a à peu près une année... une année avant qu'Estelle ne fasse à la naine cette remarque irréfléchie qui nous a conduits là où nous sommes aujourd'hui.

« C'est un moment où tout allait plutôt bien pour moi, raconte la naine. Je finissais par me faire pas mal d'argent avec le téléphone rose... je peux même dire que je disposais de plus d'argent que je n'avais jamais rêvé en avoir dans mes rêves les plus fous !

Par moments, je me sentais vraiment mieux d'avoir tout cet argent à moi... à d'autres moments je me sentais encore plus malheureuse... vous pouvez comprendre pourquoi !... »

Elle soupire.

« Pas de pleurnicheries ! dit la juge.

— Que ça aille ou que ça n'aille pas, j'ai pris une habitude, depuis quatre ou cinq ans que j'habite dans le quartier, c'est d'aller toute seule, en fin de journée, jusqu'à la gare Montparnasse et là, de regarder partir les trains.

— Ça revient moins cher que le cinéma, constate Mornios.

— Laissez-la parler ! dit la juge.

— Justement, après, j'ai eu assez d'argent pour voir tous les films que je voulais, dit la naine. J'ai même vu *Freaks*, à la salle d'art et d'essai du Lucernaire, rue Notre-Dame-des-Champs, si vous voyez. Ça aurait pu me donner des idées, tiens, ce film-là !... Si vous saviez ce que ça raconte...

— On ne connaît que ça ! dit Mornios.

— C'est une sale histoire. Ça m'a fait mal aux seins, dit la naine. En même temps, ça m'a appris que la vengeance existe. Nous, les monstres, on ne va pas tout le temps accepter d'être tenus pour de la merde, merde !

— Alors, ces trains ! s'impatiente Mornios.

— Eh bien, enchaîne la naine, je sais bien que c'est ce que l'on dit souvent des vaches, qu'elles regardent passer les trains... mais moi, c'est de les voir à l'arrêt... et puis de les voir partir, qui m'a toujours fait du bien. Surtout les T.G.V., qui peuvent vous emmener si loin en un rien de temps. Quand je longe, comme ça, un T.G.V. qui va partir, je me dis que je suis une autre personne que moi... que je vais aller je ne sais où... et laisser loin derrière... à Paris... la caricature que je suis.

Or, il y a un an... à peu près... ayant assisté au départ de plusieurs trains... la tête m'a tourné... et ayant mal au cœur à l'idée de revenir dans ce refuge où nous nous trouvons, j'ai suivi les quais... ce que je n'avais jamais fait auparavant... et je me suis un peu éloignée de la gare... mais non du chantier qui semblait s'étendre sur plusieurs kilomètres vers l'ouest.

La nuit tombait... J'ai marché... j'ai marché... jusqu'à ce que j'arrive à l'endroit où le chantier s'arrêtait. Il y avait là tout un tas de machines qui, en cette fin de journée, avaient été mises à l'arrêt... il y avait entre autres, un peu à l'écart, une énorme bétonneuse... et assis sur l'épais pare-chocs de celle-ci, il y avait un ouvrier, tout seul, en bleu de travail, qui était en train de manger le contenu d'une gamelle qu'il tenait serrée entre ses genoux.

Quoique je sois très petite, j'ai de très bons yeux, j'ai tout de suite vu que c'était un grand et beau gars... un beau brun... costaud... d'une trentaine d'années. J'ai toujours pensé que les types avec qui je parlais au téléphone, c'étaient des vieux mecs, des vieux salauds... ou alors de jeunes puceaux de rien du tout... et jamais des beaux gars comme celui-là...

il était là... devant moi... un beau jeune type qui ne savait peut-être même pas que le téléphone rose existait.

Je me suis approchée... doucement... parce que j'avais peur de lui faire peur... en espérant qu'avec l'obscurité qui tombait il croirait avoir affaire seulement à une fille très petite, pas à une naine... pas à un monstre... mais il a relevé la tête... il m'a vue... il s'est baissé... il a ramassé une pierre du ballast, et il l'a lancée sur moi... pas trop fort... mais assez fort quand même... et il a crié : "Allez, du vent !... Du vent, les rien du tout !..."

Quelque chose m'a pris... une émotion... Je crois, madame, ou vous, monsieur, que si c'était vous qui m'aviez crié quelque chose comme ça, je me serais terriblement mise en colère... j'aurais pu vous cracher dessus ou même vous donner un coup de couteau... avec le petit Laguiolle que je porte toujours sur moi... mais j'ai marché sur lui, et malgré une seconde pierre qu'il m'a lancée, qui m'a attrapée à l'épaule... j'étais si bouleversée que je ne l'ai même pas sentie... j'ai été me planter devant lui... j'ai donné un coup de pied dans sa gamelle... je l'ai envoyée valser avec tout ce qui restait dedans !

Il n'en revenait pas... Il est resté là... assis... me regardant de ses yeux écarquillés...

"C'est toi qui me traites de moins que rien, pauvre cloche... je lui ai dit... toi qui n'as certainement pas de quoi te payer le plus petit restaurant de

Paris... et qui en es réduit à manger ta gamelle le cul posé sur ta bétonneuse, comme un chien... Dis donc, espèce de minable, c'est l'hôpital qui se moque de la charité !..."

J'ai fait trois pas, j'ai encore donné deux ou trois grands coups de pied dans sa gamelle, je suis revenue devant lui, il était sidéré, il n'avait même pas bougé.

"Comment tu t'appelles, pauvre con ?" je lui ai demandé. "Robert." "Moi, Marcella. Et combien tu gagnes de l'heure ?" "Quarante francs." "Et combien tu as gagné aujourd'hui ?" "Trois cents balles." J'ai ouvert mon sac, j'avais quatre billets de cinq cents, une enveloppe qu'on venait de me remettre, je les lui ai jetés à la figure. "Tiens, je te les donne, espèce de minable. Je les ai gagnés en un quart d'heure. Toute naine que je suis, je gagne deux cents fois plus d'argent que toi ! Prends ce fric et va te laver. Et après va te payer un steak-frites et une pute !"

Il a ramassé cet argent. Il l'a tenu entre ses mains. Ses mains tremblaient. La nuit était venue. Je me suis assise à côté de lui, sur le pare-chocs. On a parlé. Il a vidé son sac. Il a pleuré. Vous me croirez ou non, mais je crois que vous me croirez, ce beau gars n'avait jamais été avec une fille. Depuis plusieurs mois, il travaillait sur Paris, et il en voyait dans les rues, des belles nanas... bourgeoises, étudiantes, mannequins, étrangères... toute une population de belles filles... il les voyait et il les croisait... mais il était séparé d'elles par un mur invisible, mais infranchissable... Elles vivaient dans un monde, et lui dans un autre... Elles n'étaient pas pour lui !

J'ai défait son bleu de travail... je me suis laissée glisser à ses pieds... et je lui ai fait l'amour... oui... là... avec ma bouche... j'ai eu son pucelage.

Cette nuit-là, j'ai dormi là, dans le baraquement où il avait installé sa couchette. Puis j'y suis revenue, régulièrement... deux ou trois fois par semaine... on faisait l'amour, et je lui donnais de l'argent.

Puis un soir... je ne sais pas trop ce qui s'est passé dans ma tête... je me suis dit que les choses restaient tout de même trop injustes... que j'avais fait du bien à ce type, et que je m'en étais fait à moi-même, mais que je n'avais encore pas du tout commencé à régler mes comptes avec cette société qui nous réduisait à l'état de larves... à l'état de sous-êtres humains, chacun à sa manière, lui et moi... il fallait qu'on lui fasse payer ça... il fallait qu'on se venge !... Et j'ai commencé par draguer, pour ce type, des filles... de belles filles... que je remarquais dans la rue.

C'est facile, vous savez, pour les exclus... Parce que toutes ces belles filles... qui mourraient de dégoût si vous vouliez seulement toucher leurs cheveux, elles ont le cœur plein de charité !... “Je me suis perdue, mademoiselle... Je suis handicapée, vous voyez... et en plus, je ne connais pas Paris...

Vous ne voudriez pas m'aider à revenir chez moi... il faut passer par la gare Montparnasse..."

Une fois par mois, à peu près, pendant cette année, je lui ai ainsi ramené une fille. Je l'ai regardé la baiser... je l'ai parfois aussi baisée avec lui... et puis je l'ai regardé la tuer... et pour terminer... ni vu ni connu... la bétonneuse !

Voilà... On en arrive à ce qui s'est passé il y a peu de temps... Cette autre fille du téléphone rose... cette idiote... Estelle... qui m'a traitée de demi-portion... Il l'a décapitée, rue de la Grande-Chaumière... il a rapporté son corps à la bétonneuse... en plein jour, dans une caisse métallique... Personne ne l'a vu, ni ne risquait de le voir... Un ouvrier, dans Paris, qui porte un fardeau... il ne risque pas de se faire remarquer !... Et pour la policière, tout pareil. Il l'a baisée, il l'a décapitée, il l'a bétonnée.

— Mais, dites-moi, ma petite, dit la juge, comment une fille dans votre genre, qui paraît haïr la société, peut-elle aussi facilement livrer son complice ?

— C'est très simple, madame, dit la naine. Cet homme a connu sa première histoire d'amour avec moi, et depuis un an il n'a approché d'autres femmes que celles que je lui ai procurées. Or, depuis huit jours, je sais de façon absolument certaine qu'il est en train de me laisser tomber. Monsieur s'est trouvé une maîtresse, une jolie fille, avec qui il projette de se mettre en ménage, si ce n'est déjà fait. Il croit pouvoir me trahir sans problème, en raison de ce que j'ai à me reprocher, mais il se trompe. On ne me lâche pas comme ça... Si vous n'étiez pas venus m'interroger ce matin, j'étais décidée à le dénoncer par lettre anonyme cet après-midi.

— Mais... le dénoncer... c'était être sûre qu'il vous dénonce à son tour, pour se venger... C'était donc vous dénoncer vous-même !...

— Oui... mais moi, pendant cette année qui vient de s'écouler, j'ai joui et je me suis amusée pour tout le restant de ma vie, et pas lui ! »

Il y a un silence.

« Je vous ai tout dit, dit la naine à Mornios. Je suis fatiguée. Je veux me reposer.

— Au trou, dit Mornios.

— Au trou si vous voulez. »

Elle est restée debout depuis que nous sommes entrés dans sa chambre, elle croise ses petits bras sur son ventre et elle attend.

Mornios fait signe au greffier. Le greffier sort. Il revient quelques instants après avec un gradé et deux flics. Ceux-ci passent les bracelets à la naine et l'emmènent. Le gradé et le greffier sortent sur leurs pas.

Nous restons tous les quatre dans la chambre, les deux magistrates, Mornios et moi. Je devrais être content que le dénouement soit intervenu, mais bizarrement je me sens aussi triste qu'aux plus mauvais moments de cette enquête.

Un temps, Mornios commence à se diriger vers la porte lorsque le téléphone sonne. Mornios est stoppé dans son mouvement, il fait un geste de la main, paraissant indiquer qu'on ne doit pas répondre, mais là juge d'instruction, qui se trouve près de l'appareil, a un léger sourire, et décroche.

« Allô ? » dit-elle.

La touche « conférence » de l'appareil devait être enfoncée car la voix de l'homme qui téléphone s'élève, forte et vibrante, dans la pièce.

« Allô, c'est toi ma puce ? Ici, Éric. Je t'appelle comme nous en étions convenus hier soir. Tu te souviens ?

— Mais oui Éric, dit la juge.

— Tu sais, dit l'homme d'une voix brusquement émue, ça m'a trotté dans la tête, tout ce que nous avons dit hier soir ! Tu n'étais pas libre, mais tu m'as parlé si gentiment... Ça m'a fait du bien, et maintenant j'ai très envie de faire l'amour au téléphone avec toi. Si on pouvait avoir un petit quart d'heure devant nous...

— On a l'éternité », dit la juge. Elle raccroche.

Nous sortons tous.

Pendant que nous descendons l'escalier, j'entends derrière nous le téléphone, qui recommence à sonner dans le vide.

DU MÊME AUTEUR

Aux Éditions Gallimard

LES IMMORTELLES, Le Chemin, 1966 – Folio, n° 1168

LA ROSE ROSE, Le Chemin, 1968

NEW YORK PARTY, Le Chemin, 1973

L'AURORE BORÉALE, Le Chemin, 1973

L'ARMOIRE, Blanche, 1977 – Folio n° 2446

UNE VILLE GRISE, Le Chemin, 1978

LE CAMP, Le Chemin, 1979 – Le Manteau d'Arlequin, 1988

LE FOOTBALL, C'EST LA GUERRE POURSUIVIE PAR D'AUTRES MOYENS, Hors Série, 1981

LES SERPENTS, Le Chemin, 1983 – Folio n° 1704

MÉMOIRES DE JUDAS, Le Chemin, 1985

SADE, SAINTE THÉRÈSE, Blanche, 1987

L'EMPIRE DES LIVRES, Blanche, 1989 – Folio n° 2319

ÉROS MÉCANIQUE, L'Infini, 1995 – Folio n° 2989

L'ARGENT, L'Infini, 1998

PITBULL, Série Noire n° 2481

Théâtre dans Le Manteau d'Arlequin

DEUTSCHES REQUIEM, 1973

ORDEN, 1975

LES IMMORTELLES, 1980

LE CAMP, 1989

Chez d'autres éditeurs

VIOLONCELLE QUI RÉSISTE, Le Terrain Vague, 1971

BONSOIR, MAN RAY, Belfond, 1972

LA FRANCE À L'ABATTOIR, Ramsay, 1979

LE LAC D'ORTA, Belfond, 1981

LA FIN DU MONDE, Denoël, 1984

LA RONDELLE, Mercure de France, 1986

CHRONIQUE DU FRANÇAIS QUOTIDIEN, Belfond, 1991

CYBERSEX ET AUTRES NOUVELLES, Éditions Blanche, 1997

LES ÂMES JUIVES, Tristram, 1998

Théâtre

ÉTOILES ROUGES, L'Avant-Scène, 1977

LE PROCÈS DE CHARLES BAUDELAIRE suivi de PALAZZO MENTALE et de FRAGMENTS POUR GUEVARA, Jacques-Marie Laffont, 1980. Épuisé

LE PASSEPORT – LA PORTE (THE PASSPORT – THE DOOR) – UBU, Repertory Theater, New York, 1984

LE PASSEPORT, L'Avant-Scène, 1996

Éditions illustrées

A NOIR CORSET VELU, poèmes. Photographies d'Henri Macheroni, Les Mains Libres, 1972

HAVKAZARAN FOLLIES, B. D. Dessins de Jean-Pierre Vergier, Kesselring, 1976

LE PAYS QUE JE VEUX, Photographies de Christian Louis, Cercle d'Art, 1980

ULTIMUM MORIENS, poèmes. Dessins de Shirley Carcassonne, Dominique Bedou éditeur, 1984

L'ORDRE DES TÉNÈBRES, Photographies de Claude Alexandre, Denoël, 1988

ÉROS MÉCANIQUE. Dessins de Jean-Luc Fournier, Olivier Techer, 1989

LE MYSTÈRE MOLINIER, Éditions Voix Richard Meier, 1997

MUSÉE DE CHAIR. Gravures de Peter Klasen. Éditions Maeght, 1998

Composition Nord Compo.
Reproduit et achevé d'imprimer sur Roto-Page
par l'Imprimerie Floch à Mayenne
le 29 janvier 1999.
Dépôt légal : janvier 1999.
Numéro d'imprimeur : 45387.

ISBN 2-07-049905-7 / Imprimé en France.

89361